角幡唯介

書くことの不純

中央公論新社

目　次——書くことの不純

書くことの不純

序論　探検って社会の役に立ちますか？

1　ツイッターをはじめてみた

永久にやるまいと考えていたＳＮＳに手をそめたのは、七年半ほど前のことになる。四十をすぎていろいろなことに飽きがきていたころだった。

たとえば山。

学生時代に登山をはじめて、沢登りに山スキー、岩登り、冬山縦走、雪稜、氷壁、冬壁と海外登山以外はひととおりのことを経験したせいか、どこに行っても展開がなんとなくわかり新鮮味がうすれてきた。源流でのテンカラ釣りをはじめたのはその頃だ。それからは登攀《とうはん》より釣りのほうが面白くなり、今では登山といえば沢で釣りをしながらの山旅ばかりである。

　ライフワークの北極探検でも、自分で橇《そり》をひいて歩くのをやめて、十数頭の犬に橇をひかせる犬橇をはじめた。四十三歳のときだ。犬橇のほうが海豹《あざらし》狩りに有利だという事情もあったが、七年も八年も橇をひいて歩きつづけると、さすがに疲れてくる。

　住みなれた東京都心の新宿区、豊島区近辺の賃貸暮らしをやめて、鎌倉の山のほうに一軒家を購入したのもそのころである。ローンを組んで家を買うことには結婚と同じぐらいの抵抗があり、さすがになかなか決断できず、一度は、やっぱり西落合《にしおちあい》の賃貸にしようと撤回しかけたが、そのときに背中を押したのが、オレはもう東京の暮らしに飽きているという思いだった。西落合の賃貸ではそれまでと何もかわらず、あらゆることが想像でき、逆にゾッとしたのだ。

　二十年も同じことをつづけていると色々飽きがくる。SNSをはじめたのも、この一連の〝飽き〟の流れのなかでだった。それまで日常的な雑文はブログに書いていたが、雑誌やウェブでのエッセイ系の連載や書評の仕事が増え、しんどくなってきた。

　ブログにかわる気軽な報告と告知の場がほしいという思いと、様々なことに飽きが生じて新しいことをはじめたいとの衝動がかさなり、ある日、思い立ったようにツイッター（現X《エックス》）のアカウントをつくってみた。

ドキドキしながらはじめてのツイートを入力したことをおぼえている。

〈アカウントを作成したが、一体何をつぶやけばいいんだろう〉

〈物凄く緊張する〉

〈未知の世界に踏みだすのが怖い〉

どうでもよいひと言をたてつづけに三発打ちこむと、すぐにフォロワーがつき、その反応の速さに思わず瞠目《どうもく》した。おそろしくささやかな〝新活動〟ではあるが、それ以降、ダラダラとつづけている。

ＳＮＳといってもやっているのはツイッターだけだ。情報収集にはまったく使用しておらず、基本的には日々の雑感、新刊や講演会などの告知、本の感想、あとは山登りや北極探検の簡単な報告等々、要するにほぼ自己喧伝《けんでん》のみである。

最初のころは、気の利いたことをつぶやこうとの気負いもあったが、自分で面白いと思ったツイートほど〈いいね〉がつかないとの厳しい現実を前に、いつしかそういう気負いもほとんど失せた。どんなに〈いいね〉がつくといっても基本、百とか二百ぐらいなもので、要するに数少ない私の読者が見てくれている一種のファンアカウントだと自分では思っている。

そんなささやかな私の個人アカウントで何年か前に、事件が起きた。いわゆる〝バズる〟というやつである。

あることをつぶやいた瞬間、〈いいね〉の数値が連打されるように瞬く間に上昇し、一気に百、二百と通常値を超え、その後も千、二千と止まらなかった。跳ね上がる数字を目の当たりにし、これがバズるとかいうやつか……と思わず言葉の意味を調べたほどだ。

結局、数字は一万数千に達した。まあ、前澤友作《まえざわゆうさく》氏のアカウントなどを見ると、何をつぶやいても五万とか十万の〈いいね〉がついているので、それに比べたら教室の隅にたまった綿ぼこりみたいな数字ではあるが、それでも私のアカウントとしては空前絶後であった。

たしかにこのときは、ある程度の反応はあるかなと多少は思っていたが、でもここまでとは予想外だった。

いったい何をつぶやいたのかというと、次のようなことがあった。

夏のある日、私は鎌倉駅前のレンタルスペースで某紙の若い女性記者から取材をうけた。子供のころや若いときの経験がいかに今の自分につながったのかを聞き、それを今の子供たちに伝えて背中を押してあげるという教育面の記事の取材である。生い立ちや昔の思い出、大学探検部時代の活動を訊かれるがままに語り、二時間ほどたって、そろそろ取材も余談にシフトしはじめたころだ。その若い記者が急に質問の角度をかえた。

「ところであえて意地悪な訊き方をしますが、角幡さんの探検って社会の役に立ってないんじゃないかっていわれませんか？」

想定外の質問にぐっと言葉がつまった。頭にこなかったといえばウソになる。正直、反射的にムカッとした。でもそれより、見えない角度からいいフックが脇腹に入って思わずマウスピースを吐き出した、との感が強い。要するに、え、そんな感想をもつの？とびっくりしたのである。

絶句し、やや間をおいて「本当にそんなことを考えるの？」と思わず反問した。すると彼女は、自分たちの世代は社会への還元や生産性の向上に寄与すべきだという圧力をすごく感じるんです、と返事をした。

まだ二十代半ばの、大学を出てさほど年数のたっていないと思われる記者で、質問の仕方や内容をみるかぎり非常にまじめな方という印象だった。まじめだからそういう思考になるのだろうか、とも思った。

2　自分の内側からわきあがる情動

なぜそこまで驚いたかというと、それは私の探検など頭の天辺《てっぺん》から足の爪先まで、どこからどう見ても百パーセント、社会の役に立っていないことが明白だからである。むしろ社会の役に立たないことを前面に押し出している。はっきりいって、そこは前提なのだ。社会の役に立たないことが、つまり見返りのないことが、私がやっているような行為がなりたつための最低条件なのだ、とさえ思っている。

登山や冒険もふくめて、そういう無意味なことをなぜやるかというと、自分の内側からわきあがってくる抑えきれない思いがあるからやるのである。逆にいえば、それがなければできない。そしてその内側からわきあがる思いというのは、社会や時代の価値観とは別のところからたちのぼるものであり、それゆえその人にしか理解できない情動である。

だから登山や冒険の動機や目的は、社会や時代の価値観には決して還元できない個人的なものだし、それをやったからといって社会の役に立つものでは、絶対にありえない。なぜ山に登るのかという質問が愚問なのは、そのせいだ。

もし登山や冒険に社会的意味が出てきてしまったら、その行為は生きることの個人的追求ではなく、社会的価値の追求という公的な行動に変質し、逆にとても胡散臭《うさんくさ》くなる。この山を登ったらみんなの役に立つから登る、という登山は、とても変だ。根本的なところでその登山のすべてを台無しにしている。

社会や時代に還元できないからこそ、つまり無意味であり、私にだけしか通用しない極私的な生きることの追求だからこそ、リスクがあっても実行できるのである。そして、そんなことはいちいち説明しなくても、私の本を読んでくれれば伝わるものだと思っていた。

ところがそれが全然伝わっていなかったのである。私の本の書き方が拙《まず》かったのか……？　いや、そうではあるまい（と信じよう）。

おそらく登山や冒険のように見返りのない行動がこの世界に存在することが、もっというとこの世界に存在することがゆるされることが、今の時代、とくに若い世代には理解できなくなっているのではないか。それぐらい、人はすべからく社会の役に立つべきだという公的価値観の力は肥大化し、この国をつつみこんでいるのではないか。

恐ろしいことだ、と思うのと同時に、率直に面白いなぁ、そんなことを考えるんだ、とも思った。この質問はこの国のうんざりするような時代的様相を的確にうつす鏡でもある。

面白いと思ったので、次の日の仕事前にツイッターにこのことを打ちこんだ。

〈昨日若い記者のインタビューがあり、あえて意地悪な言い方をしますが角幡さんの探検は社会の役にたっていないのでは、との質問を受け絶句した。

自分たちの世代は行為や人生そのものが社会への還元の観点からしか価値づけされておらず、そういう思考を強いる圧力を感じる、との話が印象的だった〉

そうすると私同様、面白いなぁと思う人が大勢いたらしく、一気にバズったわけだ。しかもバズっただけではなく、いくつかのメディアから取材の申し込みもあった。どうやらこうした現況に関心をもち、苛立ちをおぼえる人も少なくないようだ。

最初に取材をうけたとき、ツイッターの反響はコロナ禍という世相と関係があるのではないか、との指摘をうけた。

「不要不急の活動はひかえるべきだっていう風潮がつよまって、それで関心が高まったということはあるんじゃないですか」

要するに、コロナ禍で無駄な接触や出歩きが感染を拡大させるので、不要不急の活動に厳しい視線がむけられるようになった、それが反響につながったのではないか、というわけだ。

じつは私は二〇二〇年一月から六月まで北極の僻地に滞在しており、コロナでもっとも社会が混乱した時期のことをよく知らない。とくに緊急事態宣言が出されて移動の自粛が要請された最初のコロナ席巻時は、ちょうどまるまる二カ月近く犬橇で長期漂泊行に出ていて、ほぼ完全に人間界を離脱していた。その間、世界で起きていたことについて、まったく無知である。〈不要不急〉という言葉がコロナ禍で注目を浴びるようになったことを知ったのも、このときがはじめてで、「フヨーフキューって何ですか？」と問い返したほどだ。

このような状態だったので、コロナ禍が関係しているのかは私にはよくわからない。そういうこともあるのかもしれないな、とは思ったが、ただ直感的に、この問題はコロナ云々よりもっと根深いのではないか、という気がした。

これは登山、冒険、探検にかぎった話ではない。同じように社会の役に立たない活動、営為というのは無数にある。それなのに、すべての人の営みに、社会の役に立つべきだという価値観が適用されると、それらの営みには居場所がなくなってしまう。

社会の役に立つべきだという圧力には、こうした、いわく言いがたい理不尽さがともなっている。

3　外部の論理にしたがっていないか

メディアの取材があったので、その前にいろいろと考えたのだが、ひとついえるのは、これは人の生き方の問題ではないか、ということだった。

外側の領域が肥大化しすぎて、その圧力から自分の生き方を守ることがむずかしくなっている。人々の生の抵抗拠点が失われつつある。そういうことなのではないか。

そう考えると、この問題はじつは比較的単純な話で、個々人の内と外の相克《そうこく》という図式で理解することができそうにも思える。つまり社会の役に立つべきだ、という意見は要するに外部の理屈であって、自分の内側から生じたものではない。

外部というのはそれぞれの人の生の外側にある組織、具体的にいえば国家や自治体のような政治、行政組織、あるいは企業のような経済を動かす法人などのことである。ひと言でいえば社会システムを動かしている公的な組織体といってもいい。そしてそうしたシステム構成体は、しかし私自身ではなく、私の外側にある外部だ。

もちろん外部には外部の論理がある。

国家は領土を保全ないしは拡張し、外交で他国より優位に立ち、経済成長をおしすすめ、国力を増強したいと考えているだろう。企業は技術力や営業力を高めて、より高い利益を確保したいと願っているだろう。

組織体や集団はそれぞれの思惑《おもわく》でうごいているわけだから、個々の人間に対しても、社会の役に立つように諭し、その方向に教導しようとする。国家は国民に国力の増強に寄与してもらったほうが都合がいいので、小学生に道徳の教育をほどこして愛国心や公共心を高めようとし、企業は企業で実務能力のある優秀な人材を確保するため、社員向けにセミナーなどをひらく。経済団体は経済団体で国全体の国際競争力を高めたほうがいいから、大学の人文系の学部を廃止しろといったり、英語教育を拡充させろなどと提言する。社会の役に立ってほしいという風潮は、そうした個々の人々の外側にある外部の理屈にしたがって生みだされているものだ。

それはそれでもっともである。国家としてはそう思うだろうし、企業はそう願うだろう。納得のいく話である。私が国家の指導者でもそういうかもしれない。その一方で、人はそれぞれちがう思いをかかえ、異なる経験を有しており、それがそれぞれの内部を作り出している。内部は人それぞれバラバラだ。

当たり前だが、国家や企業などの外部の論理と、それぞれの人の内側でわきあがる、これをやりたい、こういう生き方をしたい、という内部の論理は必ずしも一致するわけではない。というより、ズレるのが当たり前だ。

外部の論理は本来、自分の外側から要請されるものだから、まったく関係がない、とまではいわないが、必ずしもしたがわなければならないものでもない。むしろ一人の人間の生き方として考えた場合、外部の論理に盲目的にしたがうのではなく、内からわきあがる思い、あるいは自己の良心にしたがって生きたほうが、自分の生に触れることができるはずだ。「社会の役に立て」と頭ごなしにいわれたら、ふざけるな、と心のなかで怒りつつ、「なぜそのようなことをする必要があるのですか」と冷静に反論するのがあるべき回答ともいえる。

ところが、今はそれがゆるされない社会になりつつある。少なくともやりにくい世の中になっている。

別に本心から社会の役に立ちたいと思っているわけではないが、風潮という外からの圧力があるから、仕方なく社会の役に立つことをしている。世の多くの人の行動基準はそのようなものだと憶測するが、だとするとこれは内部のない外部、内側に支えるものがないのに外側だけ見栄えのいい外観でかためている、ということではないだろうか。

4　薄気味が悪い、感謝の言葉

実際、世相をながめると、外側だけは美しい言葉で飾り立てているが、あきらかに内部が存在しない空っぽな人間が満ち溢れている。

たとえば、コロナ禍のいわゆる第一波に襲われたころ、学級会か何かで、医療従事者に感謝の言葉をのべる小学生低学年の子らの映像が話題になったが、あの映像を見たときはショッキングだった。もっというと、薄気味が悪かった。

なぜ薄気味が悪いのか。

表面的な理屈だけで考えたら、感染のリスクがある環境で、患者の救命にたずさわる現場の人たちに対して感謝するのは当然ともいえる。それなのに、なぜか教室の小学生が感謝を一斉に唱和すると薄気味が悪い。その理由は、感謝の念を先生にいわされているのがあきらかだからだ。

では、なぜ先生にいわされているのが明白なのか。それは、小学生低学年の子が自分とは何の関わりもない医療従事者に心から感謝することなどあり得ないと、誰もが知っているからである。

私にも小学一年生（註・連載執筆当時）の娘がいるが、もし自分の娘が朝飯の途中に、いきなり、「私たちも医療従事者に感謝しなくちゃね」と口にしたら、正直、私はちょっと娘の内面をうたがう。

もちろん個別の事由があれば別だ。たとえば祖母がコロナに感染して病院での必死の救護により助かった、などということがあれば言葉に内実がともなっているが、わが家にはそんな出来事もない。理由もないのに六歳の子が急に風潮にのっかって、目をキラキラさせて感謝の言辞《げんじ》を弄《ろう》したら普通は逆に怖いはずだ。

この薄気味の悪さは、中身のない人間の薄気味の悪さと同じだ。先生にいわされたその言葉は、自分の内側から生みだされたものではなく、外部の論理にしたがっただけの空疎な文字のつらなりにすぎない。そこに小学生たちの意思はなく、言葉と思想が外から注入させられてしまっている。内部がまだできあがっていない、がらんどうの存在が、自分以外の他人から与えられた虚構の衣を着せられて、ＡＩのアンドロイドみたいに美しい言葉をならべたてている。私はこの映像を見たとき、やっぱりこの国は容易にファシズムに傾くな、と感じた。主体性は問われず、ただ空気にしたがうことだけがもとめられているのだから。

最近やたらと耳につく大人たちの感謝の言葉も同じようなものだ。

競技のあとにインタビューをうけるスポーツ選手が口にする皆さまへの感謝や、ヒーローインタビューのお立ち台にたつプロ野球選手の感謝の言葉。理由はよくわからないが、彼らはまず感謝しなくてはならないことになっている。ファンへの感謝ならまだわかるが、世間や世相、関わりのない献身者に対する感謝に本当に内実があるのだろうか。

そもそも感謝というのは、顔の見えない大勢に対して公の場でするものではなく、顔の見える個別の人に対し、私的に、面と向かってするものではないのか。そして、そうしたいわゆるインフルエンサー的な人たちが妙に感謝ばかりするものだから、時代は感謝一色に染まり、右を見ても感謝、左を見ても感謝、ありとあらゆるところ感謝があふれ、空疎な文言に沈没しそうで逆に息苦しい。感謝、感謝、感謝の羅列《られつ》。三百六十五日の感謝祭だ。

こうした相手の見えない感謝の言葉には本当に当人の経験や思いが反映されているのだろうか。私にはそうは思えない。ほとんどは、なんとなく感謝しなくちゃいけない風潮だから、感謝しているだけだろう。その感謝の言葉の根拠をつきつめても、いつ、どこで、何があったから誰に感謝しているのか、本人にもわからないのではないだろうか。

言葉にその人の中身が感じられず、世相や風潮という外部にしたがって作動しているだけだから、どことなく嘘くさく、偽善っぽい。感謝だけでなく、東日本大震災のあとに人々がやたらと口にするようになった絆だとか共感という言葉にも同じような嘘くささがあるが、それも同じことだ。美しい言葉だけが空回りしているのである。

5　加藤典洋が論じた〈内在〉と〈関係〉

女性記者からあなたの探検は社会の役に立っていないのでは、と指摘されたとき、真っ先に思いついたのは、加藤典洋《かとうのりひろ》の一冊の評論だった。

コロナ禍にグリーンランドから帰国したとき（二〇二〇年六月）、私は二週間の自主隔離のため平塚のホテルにとじこもった。その間はまったのが加藤典洋の一連の評論で、とくに興味深く読んだのが『日本人の自画像』（岩波書店）である。

タイトルが示すように、この本のテーマは日本人の自己認識についてである。私たちは〈日本人〉という大きな概念でひとくくりに語られるが、ではこの日本人なる概念はいかなる歴史的経緯、思想的営為をへて形成されたのか、そのことを論じたものだ。加藤が自画像入手の鍵に用いたのが〈内在〉と〈関係〉の概念で、日本人なるものの内側から生みだされてくる〈内在〉的なものが、外部の諸外国との衝突、融和という〈関係〉的な視点をつうじて、いかに変容したのか、それが、荻生徂徠《おぎゅうそらい》、本居宣長《もとおりのりなが》、柳田《やなぎた》國男《くにお》、小林秀雄《こばやしひでお》、吉本隆明《よしもとたかあき》らの思想をつうじて語られる。

　と、大雑把にいえばそういうことなのだが、私はこれを日本人という集団の話ではなく、一人の人間がいかに自律できるようになるか、という観点におきかえて読んでいた。そのせいか、この本を読んだのが例の女性記者から取材をうけるちょっと前だったこともあり、私の頭には加藤のいう内在と関係という言葉がぱっと閃き、「社会の役に立ちたいという思いも、その人の内在から出てこないと意味がないんじゃないか」と答えたわけだ。まじめなその記者も頷きながら熱心にメモをとっていたが、しかしいきなり内在だの関係だの言われても、ちんぷんかんぷんだったと思う。

　いうまでもなく私の言う〈内部〉〈内側〉が加藤のいう〈内在〉であり、〈外部〉〈外側〉が〈関係〉にあたる。なかでも印象深く著者加藤の筆力がつよまるのが本居宣長の〈もののあはれ論〉の章である。簡単にまとめると次のようなものだ。

　宣長の基本姿勢として指摘されるのが〈漢意《からごころ》〉と〈大和心《やまとごころ》〉との対比だ。〈漢意〉とは〈中国的なもの〉、〈大和心〉は〈日本的なもの〉である。彼は漢意を毛嫌いし、〈もののあはれ〉に象徴される情緒的な大和心を称揚したが、一般的にこれは〈中国的なもの〉を否定し〈日本的なもの〉をもちあげる、愛国主義的思想だとみなされている。

　しかしこの宣長理解は根本的なところで的を外している、と加藤は指摘する。何が的を外しているのか。宣長を理解するには、まず彼の学問的手法がどういったものか考えてみなければならないという。

宣長の学究手法は〈先入主《せんにゅうしゅ》の滅却《めっきゃく》〉という言葉に象徴されるものだ。

先入主とは、いわば考え方をつくり出しているもともとの思考回路のことである。人には思考のフォーマットのようなものがあり、われわれは通常、その時代の言語だとかものの見方に思考を制限されている。現代であれば、とくに自覚のないまま近代的な合理主義的思考で物事をとらえるのが当たり前だし、合理性や効率性に価値や尺度の基準をもとめる傾向がつよい。

しかしかといって『古事記』や『源氏物語』の時代の人々が、われわれと同じように合理主義的なものの考え方で世界をとらえていたかといえば、そうではないだろう。

つまり人間の思考回路というものは時代や文化によって更新されるのであり、今の時代のものの考え方で古代の書物を読んでもその真意には到達できない。

宣長がいうところの先入主の滅却とは、思考を支配する時代の考え方を消し去り、自らの脳をリフレッシュして素っ裸の状態にしてから古典にあたるというものである。脳を真っ新な状態にして『古事記』なら『古事記』を『源氏物語』なら『源氏物語』をあたれば、そこに書かれている言葉の真意に到達し、当時の人たちと同じ心で作品を読むことができ、おなじ意味で言葉をつかうことができる。作品世界にふかく潜り込み、自らをその世界に同化させてしまい、内側からその時代の思考を獲得するという点で、これは内在的な手法である。

加藤のみたところ宣長は徹底的にこの内在的思考をきわめることで原日本人的感性を獲得することに成功した人物だ。彼の思想や言動はすべてその原日本人的感性から発したものだ。『古事記伝』を読めば、『古事記』の時代の心性がわかるというわけだ。

宣長は漢意を否定したことで知られるが、彼の思考法をこのように理解すると、その意味するところもかわってくる。一般的に漢意とは中国的なものをさすと思われがちだが、加藤にいわせればそれはまちがっており、中国の〈道〉という言葉に象徴されるような、概念的に物事をとらえる思考法全般を指しているのだという。

では、なぜ宣長が概念的思考法を罵《ののし》ったかというと、それは彼が獲得した『古事記』の時代の日本人のものの考え方に、そのような概念的思考法はいっさい存在しなかったからだ。

日本人が本来有していたのは概念ではなく人情の自然なうごき、すなわち〈もののあはれ〉であり、〈真心〉である。あらゆる先入主を脱ぎ捨てて人間存在としての始原に立ち返ったとき、そこにある人としての本性は何なのか、人の生きる原理は何なのか、そこで見出されるのが真心である。何かに触れたときに心が自然と動くこと、つまり〈もののあはれ〉こそ人が生きる意味の源泉なのだ、との境地に宣長は先入主を滅却することでいたるのである。

宣長はこのように内在的に古典の世界に入りこむことで、あらゆる概念を突き抜け、いわば宣長版〈野生の思考〉ともいうべき地平を切り拓いた。

だが加藤によれば、そこに落とし穴もあった。内在的手法しか知らなかったため宣長は限界にもぶちあたる。それがいわゆる〈宣長問題〉とよばれるものだ。

6　なぜ荒唐無稽な主張をしたのか

宣長には荒唐無稽《こうとうむけい》な古代主義があるが、その最も典型的な例に、四海万国を照らす太陽はこの列島に生まれた、との主張がある。当時からこの主張はさすがにおかしいと反論があり、上田秋成《うえだあきなり》などと激しい論争がおきたという。

宣長問題とは、なぜあれほど実証的な古典研究をした人が、太陽は日本で生まれたなどという荒唐無稽な古代崇拝を真剣に主張するようなことになったのか、という問題である。

同じ宣長なのに双方は完全に断絶しており、連結の糸口すらみつからない。宣長を研究する人は誰もがこの問題にぶつかり、そして途方に暮れるという。

しかし加藤にいわせれば、これは宣長の内在的手法からくる当然の帰結だという。二つの宣長は断絶しているのではなく、完璧に地続きなのだ。なぜなら彼は先入主を滅却して、その世界に入りこんでしまっているからである。

宣長はこのような主張をしたという。

今の時代の思考法で『記紀』の記述を読めば、それは非合理的な内容に満ちあふれているので、嗚呼《ああ》あの時代の人は迷信や非科学的な思考で世の中をみていたのだな、遅れているな、野蛮だな、としか思わないだろう。しかし、われわれが暮らす、この江戸中期という時代を、では二〇二一年の高度情報化社会の人間がみたらどう思うか。同じように迷信や非合理的思考に染められた遅れた人たちにしか思えないのではないか。

つまり時代の思考法、つまり先入主で世の中をみては、どっちにしても人間としての本性を見誤る。そうではなくて、人間の始原に立ち、先入主を滅却した目で世の中をながめ、昔とか今に関係なく、人間は生きる根底をどこで得るのか、その信憑はどこで手に入るのか、この視点で考えなければならない。この視点に立ち、そして『古事記』にたちむかったところ、私は、そこから人が生きるよすがとしての信憑を受けとったのだが、ではその『古事記』に何が書かれていたかというと、太陽はこの国に生まれたということなのである。

このように読むと、たしかに加藤のいうとおり宣長の主張はこれはこれで首尾が一貫している。もっといえば彼の内在的な帰納法を徹底的に突きつめると、このような結論しか出ない。宣長は古事記の時代と同化しており、そこに真実を見ているのだから、太陽はこの国で生まれたというほかないだろう。

そしてそのうえで加藤はいう。やはり、これはどう考えてもおかしい。太陽は日本で生まれたなどという奇矯《ききょう》な主張は、どう見ても科学的に誤りなのだから、どこかの時点で修正されなければならない。

こうして宣長の主張を根底から吟味して、最終的に加藤典洋がいたったのが、宣長には関係の視点が欠如していたのだ、との結論である。

〈宣長は、「真心」に発する人間の生きる意味を、「もののあはれを知る」ことに見た。人が外界のできごとを見て、それに動かされること、そこに人間の生きる意味の根源を見たのである。（中略）人は、けっして治者階級などである必要はない、人でありさえすればよい。彼はそう考える。〉

この思想はとてつもなく深い。人間が人間であることの根底に「もののあはれ」があるのなら、すべての人の生は救われる。当時の儒学者たちが到達した地点よりもはるかに人の心に訴えるものをもっている。でも、宣長にはこの行きついた深淵から、彼の時代の立ち位置に戻ってくる〈復路〉がなかった。深いところに行きついた先で、ふと、まわりを見わたし、自らの獲得した視点を、他者と共有する視点がなかった。だから太陽は日本で生まれたなどという荒唐無稽な結論に到達しても前進するよりほかなく、そこにとどまってはならない理由に行き当たらなかった。

〈関係の意識が接続され、学問的で思想的な徹底がさらに強化されれば、一個の成熟した社会思想に着地しうるものだったと、わたしは思う。〉

そう加藤は惜しむのである。

加藤典洋の考えでは内在をつきつめると、このようにかならず壁に当たり、つまずき、行きづまる。宣長のように人間の生の普遍的な原理にまで思想が達したとしても、そのままつき進めば、太陽が生まれたのは日本だというような独りよがりな見解から抜け出せない。

そのときにはじめて必要になるのが関係の視点である。

7　外からの圧力に抗するためには

そこで社会の役に立たない問題にもどるわけだが、あらためて加藤の内在と関係の考え方をこれにあてはめると、いったいどういうことがいえるだろう。

結論として加藤は関係の必要性を説いているが、しかしそれ以前に強調しているのは、じつは、そもそも内在がないと話にならないということである。

たしかに内在が普遍にいたるには、関係の視点が導入されなければならないかもしれない。でもその前提として、内在そのものが成立していないと無駄である。関係の視点、つまり外部とどう折り合いをつけるかという視点は、あくまで内在をつきつめたうえで、それが一度、つまずいて行きづまり、試練にさらされたときでなければ機能しない。

宣長の思想が最終的に関係の視点にめざめていれば、彼の思想は新しい道徳を生みだすような社会思想に発展していた可能性がある。でも、そんなことがいえるのも、そもそも彼にはつきつめた内在があったからだ。十を二十にすることはできるが、ゼロを十にすることはできないのである。〈人は「内在」の方法からはじめるしかない。しかし、その「内在」の方法をどこまでも愚直に貫徹すれば、必ず、関係世界のとば口で、躓《つまず》く。

けれども、その躓きがなければ、人に、「関係」の方法へと転轍《てんてつ》しなければならない理由は、生まれない。〉

加藤はあとがきにこう書いている。つまずいたときにはじめて関係の視点がいきてくるが、そもそも内在をつきつめないとつまずきはおこらない。社会の役に立つべきだという外からの不条理な圧力に抗するには、この内在への信頼を拠点とするしかないと私は思うのである。

私が加藤典洋の本に深く共鳴したのも、内在にたいする彼のつよい信頼があったからである。

私自身、これまでずっと内側からわきあがる衝動にしたがって生きてきたという思いがあった。

内在的な論理、それはたとえば、私のような者であれば、あの山に登ろうとか、あそこの人跡未踏の地を探検しよう、などというような、リスクを前提に何かことをおこすときに生じるある種の〈思いつき〉のなかに端的にあらわれる。

私がこの世界に足を踏み入れたのは、たまたま大学の構内で部員勧誘ビラをみたことで探検部なる存在を知り、ふらりと部室をおとずれたことがきっかけだった。探検部で登山や海外辺境への旅をはじめ、ある本を読んだことでチベット・ヒマラヤの奥地にツアンポー峡谷なる空白部がいまだ存在することを知り、探検したいという〈思いつき〉が生じる。

そして実際にツアンポーを探検すると、それは死の淵を垣間見るようなギリギリの経験だった。すると、それが死の淵に近い旅となったことで、逆にもっと死の近くまで行けるのではないかとの別の〈思いつき〉が生まれ、それを北極という地に求める。

つぎに北極で長い旅を経験すると、今度はそれがきっかけとなり、かねてから関心があった太陽が昇らない冬の暗黒の極夜を探検しよう、とのあらたな〈思いつき〉にのみこまれる。すると今度は極夜探検をしたことで、今の自分には狩りをしながらこの地を長々と流れるように旅できるのではないか、とのまた別の〈思いつき〉が生じる。……

こうして私は、ひとつの経験がきっかけとなり次なる新しい〈思いつき〉が生まれ、それにのみこまれて生きてゆく、ということをくりかえしてきた。

そのうえで思うのだが、これらの思いつきは、何もせずに机のうえでパッと頭に浮かんだだけの、本当に単に場当たり的な思いつきとは全然ちがう。つまり探検部に入り、ツアンポーに行き、北極に通いつめる、という具体的な生のプロセスが長々とあって、そのうえではじめて噴出する、いわば経験の結果生じる私固有の思いつきである。

現在の狩猟による北極長期漂泊というライフワークは、それまでの私の探検家としての活動があって、その全活動をふまえたうえで、その先端部分で存在として結晶化した思いつきだ。その意味で、この思いつきのなかには、私の過去のすべてが内包されている。

個々の〈思いつき〉にはその時点での私のすべてが憑依《ひょうい》している。だからひとたびそうした〈思いつき〉が生じると、存在まるごとのみこまれてしまい、そこから逃れることはむずかしい。もし、狩猟漂泊を思いついたのにそれをやらなければ、私の人生は頽落《たいらく》して〈狩猟漂泊を思いついたのにそれをやらなかった人生〉となり、死ぬときに「嗚呼、俺は結局、狩猟漂泊をやらなかったなぁ」と後悔するだろう。だからリスクがあっても、それをやるよりほかない。思いついたことを実行すること、それが、その思いつきを生み出した自分の生き方にたいする唯一の責任の取り方である。

探検や冒険の真の動機は挑戦心や好奇心ではない。それは私という人間が生きてきた道から押しよせる想定外の津波のようなものだ。理屈ではなく、実利でもなく、意味でもない。内側からの抗いようのない力に支配されるからこそ、人は行動を決断することができる。逆にいえば、内側からの津波を感じないような人間に独自の行動は決断できない。

内在的論理とはこのようなものだと私は思う。誰であれ、人は内在的に独自の決断をくだし、生き方の固有度を高めることで自分自身になってゆく。内在性がなく、外側の価値観だけにしたがい生きていくと、自分自分にはなれない。生き方の固有度は高まらず他人のコピーにしかなれないからである。

自分自身になるとは、言いかえれば自分の内部を根拠に生き方をつくりあげることだと理解できる。

これは道具の製作と似たようなところがあるのかもしれない。

たとえば犬橇用の橇で考えると、どのような橇がもっとも素晴らしい橇かというと、それは自分の手によって作りだされた橇である。自作した橇には自分の労力と時間が注がれている。労力と時間は私という人間をつくる私自身の成分だ。それとおなじものが橇に注入される。その意味で橇は私の分身だ。分身にもひとしい橇で旅をすることで、私は、私の旅という行為により深く関与できる。私と橇とのあいだに距離はなく、その橇によって可能となる旅とのあいだにも距離がない。自作の橇で旅をすることで、私は橇とも旅とも一体となることができる。この一体感こそ自作した道具で旅をする醍醐味である。

しかし、これが熟練の橇大工に作ってもらったり、村のイヌイットから譲りうけた橇だったら、どうか？　橇の製作プロセスに私はかかわっておらず、いわば外側からあたえられたものを利用するだけだ。橇と私との間には埋めようのない距離があり、その距離をかかえたまま、私は旅をすることになるだろう。そしてもしこの橇が途中で壊れたらどうなるか。くそ、あいつ、手を抜きやがって、と怒りや不平がわいてくるだろうが、この怒りや不平こそ、私と橇との間の距離をしめすものにほかならない。

生きることも橇作りと同じで、内側からわきあがってくる、これをやりたいという思いにしたがって生きることで、自分自身の価値観と、現実の生き方を一致させることができるだろう。

それに対して、外側の価値観にしばられ、関係の視点から実人生をつくりあげてしまうと、他人に作ってもらった橇で旅をするときとおなじように、いつまでたっても価値観と生き方の距離を消すことはできないはずだ。そしてこの距離こそが生にまつわるあらゆる虚無感の正体だと思う。

それとも、このズレにも人はいつか慣れ、内部と外部は一体化し、気にならなくなるものなのだろうか？

以前から私はこのことが謎だった。たとえば就職など社会への迎合だ、俺は絶対にそんなことはしない、などとつっぱっていた学生が、卒業を前にあっさりその主義をひるがえして就職活動をはじめるというケースが、私の学生時代なんかはよくあることだった。

それを加藤典洋ふうにいえば、社会には迎合しないという内在が、卒業を機につまずき、やっぱり就職するという方向に転轍した、ということになるのだろうが、その場合も、就職した段階で彼の内部は会社組織という外部とズレており、自分の思いと会社の考え方はちがうと感じているはずである。

では、これが十年、二十年と勤続したとき、はたしてこのズレは、同じズレのまま彼の内部にのこるものなのだろうか？　それとも自分の内部が会社という外部ににじりより、いつしか重なりあい、融合して、言動が会社の論理と一体化してゆくのだろうか？

傍からみるかぎり、時間とともに当初のズレは解消し、本来、外部のものだった考えを、あたかも自分の考えとして受けいれる人が多いように思えるのだが、だとすればどうしてこういうことがおきるのだろう。どういう仕組みでこのズレは解消するのか。

外部は内部を侵食するものなのだろうか。外部のほうが強い力をもっているのだろうか。

誤解されると困るのだが、私はべつに社会の役に立つこと自体を否定しているわけではない。ただ外部からの要請にしたがうのではなく、内部から生みだされるものにしたがって生き方をつくりあげていかないと人生が虚しくなるのではないか、自分の生に触れることはできないのではないか、といいたいだけである。

社会の役に立ちたいという思いも、なにがしかの個人的な経験があって生みだされるなら、それは自然なことであるし、素晴らしいことだ。しかし根拠となる実経験も思いのたけもなく、単に今の世の中がそうだからという理由で、何か社会の役に立たないと……と無批判にしたがえば、その行動は空虚なものとなる。これが人の生き方の問題だというのはそういう意味である。

8　関係偏重の社会

内側のない、外からのお仕着せの人生は、中身のない、借り物の人生にすぎない。多くの人がストレスをかかえるのは、この借り物の生き方を、「社会の役に立つべきだ」というスローガンのもとに、なかば強制されてしまっているからのようにも思える。

社会の役に立つべきという風潮が今、強まってきているとしたら、それは内在よりも関係重視の社会にかわりつつあるということだ。

今は関係偏重の時代である。生産性に寄与しないもの、公共的なものからはみだすもの、それらは社会の役に立たないという理屈でより低次なものとみられ、隅に追いやられ、忘却され、切断される。その関係の側からの圧力が、個々人の生き方におおいかぶさり、多くの人が関係の視点でしか生き方を決められなくなっている。ひと言でいえば、そっち方面の圧力がつよすぎる。バランスを欠いているのである。

今や内在の意味など誰も見向きもしないかのようだ。ただ、他人との関係ばかりに目がいき、自分が他人にどう映っているか、どのように思われるか、何をいえばSNSでいいねを押してもらえるか、何をやったら迷惑とみなされないか、どのようなふるまいをすれば責任を追及されなくてすむか、どういえばその発言内容を咎められないか、いかなる行動をとれば他者との摩擦を少なくできるか、そうしたことばかりを気にして暮らしている。

平均的であることに命を懸け、埋没《まいぼつ》にいそしみ、荒唐無稽であることを極度に恐れる人々。何かをすると自己責任と糾弾《きゅうだん》されるこの社会では、何もしないことが最も得な生き方になってしまった。自分は何もしない、リスクにつながるような愚かなことはしない、との立場をとることで、何かをして失敗した人を、何かをしたという理由で責めることができる。

こうして現在は、内在が死に、関係の視点に閉じこもった噴飯《ふんぱん》ものの時代となっている。好きなことをやっていると公言することが憚られるような社会は、どこか歪んでいるとしか思えない。

さて、ここであらためて加藤典洋の内在と関係にたちもどり、つぎの点を考えたいと思う。

加藤は、本居宣長の〈もののあはれ〉論を高く評価しつつも、最後まで内在の論理で突き進み、関係の視点に転轍する契機を逸《いっ》したゆえに、太陽は日本で生まれたなどという荒唐無稽の主張をするにいたったと述べている。そして、もし自らの主張を俯瞰《ふかん》にながめ、関係の視点を手に入れていれば、もっと成熟した社会思想を切り拓いていたはずだと嘆く。

しかし本当にそうなのだろうか、と私は思うのである。

むしろ内在を徹底し、太陽は日本で生まれたというぶっ飛んだ説までいったから、本居宣長という人物は歴史に名を残すことになったのではないか。加藤がいうように、どこかで関係の視点にめざめ、成熟した思想家になっていたとしても、学問的には説得力のある仕事ができたかもしれないが、人の心を動かすような迫力や得体のしれなさは持ちえなかったのではないか。

つまりこういうことだ。

内在を突きつめると、かならず意味のある領域をこえて無意味な場所にたどりつくのだが、じつは純粋さというものはそこにしかない。純粋さはときに無気味でうす気味が悪かったりするが、しかし純粋さしかもちえない力というものは絶対にあり、その力が人に感動を与えたり、畏怖させたりする。

だとしたら、究極をめざすなら加藤がいう関係への転轍はむしろ不要ではないか。本居宣長は本居宣長だったがゆえに本居宣長になったのではないか。個人的にはこのような問いがわく。

私にとって内在とは行為のことであり、関係とは書くこと、つまり表現である。純粋な行為にとって書くことは不要なのか、否か。本書で考えたいのはこの問題だ。

第一部　行為と表現

第一章

書くことの不純

1　書けなくなっても、探検できるか？

書くことは不純であるという感覚は、書きはじめた時点で、すでに何となくあった。行為は純粋で、表現は不純である――。なぜこのような感覚が生じるのかはわからない。だが、この感覚は私一人のものではなく、ほとんどの人が同じことを感じるものらしい。

今もつきあいのある編集者とはじめて会ったとき、彼は私に連絡をとった理由を次のように語った。

「いや、書くことを前提に探検していると聞いて、驚いたんです。面白いなぁと思って……」

彼は、探検する人は書くことを前提にはしていない、ということを基本認識としてもっている。これは書くことを不純だととらえているのと、どこかつながりのある考え方ではないだろうか。

誤解されるとこまるので先にことわっておくが、私は書くために探検をしているわけではない。よく新聞記者の人に「今度はいつ取材に行くんですか」などと、まるで私が書くための材料を集めるために探検をしているかのような言い方をする人がいる。私の書く行為を不純だと思う読者も、もしかしたら、私がネタ集めのために探検していると思っているのかもしれない。

だとしたら、それはまちがっている。私の探検や旅は材料集めのためにやっているわけではない。たしかに書くことを意識しているところはあるが、それは私が物書きなので、探検してうまくいけばそれを書くだろうという意味である。

だが、それも突きつめて考えれば、あやしいものだ。

たとえば、こう訊かれるとする。

もし書く手段が完全になくなったら、それでもあなたは探検をするのか？

私は「する」と即答するだろう。実際、私がいまやっている探検や登山の多くは作品化するあてのないものだ。書かないことが前提で、純粋に旅そのものが目的になっている。行為することが生きることそのものなのだ。

でもその一方で、そうした作品化するあてのない旅でも、私はきちんと日記をつけている。それは、この旅もやがて巡り巡ってどこかで書くことになるかもしれないと知っているからである。

だとしたら、やはり書くことも旅の目的の一部といえるのではないか？

たとえば今の北極の活動について考えてみる。

私は毎年グリーンランド北部で長期にわたる犬橇狩猟旅行をおこなっている。もうグリーンランドは行き尽くしたので、氷の海峡をわたって隣のカナダ・エルズミア島に行動範囲を移したいと思っている。だがコロナ禍でカナダの入域許可が下りなかったり、気候変動で氷が凍結しなかったりということがつづき、なかなか実現しない。

エルズミア行はもう十年来の念願だ。なんとか実現したい。書く書かないは関係なく、純粋にそれをやりたいと思っている。それはまちがいない。

でも、もしそれが実現したら、私は旅の経緯《いきさつ》を絶対にドキュメントで書くだろう。それもおなじぐらい、まちがいないことだ。そもそも私はグリーンランドで狩猟の旅を進化させながら行動範囲を広げてゆく話を、単行本としてシリーズ化しており、すでに二冊書き上げてしまった。そして、このシリーズ本の最終巻はエルズミアに上陸することだと、心のどこかで決めている。つまりエルズミア上陸は極地旅行家としての目標であるが、同時に作家としての目標にもなっている。

エルズミアに上陸したいという気持ちは百パーセントの行動欲求なのか？ シリーズ本を完結させたいという表現欲求がどこかで行動を後押ししているのではないか？ そう自問すると、正直よくわからないところがあるのはたしかだ。

書くことを生業《なりわい》とした以上、行為と表現の境い目をはっきり見定めることはむずかしい。旅をして大きな経験をしたり、何かを発見できたら、それを誰かに伝えたいと思うのは、ある意味、自然だ。

何にせよ、旅が終われば、どうせ書きたいと思う。それはわかり切っているし、そもそも書くことで生活しているという事情もある。書くことが目的のすべてではないし、まったくそれがゼロだとも言い切れないが、行為と表現が溶けあった広大な汽水域みたいな領域があり、普段はそこをプカプカ漂っている。

はっきりしているのは、書くことが旅の目的ではない、と私が言いたがっているということである。それは行為に対して表現は不純だという考えが、私の意識のどこかにあるからだ。

2　書き手が不純である理由

なぜ書くことは不純なのか。

私が書くことの不純性を実感したのは、三十三歳の二度目のツアンポー峡谷単独探検のときである。

この探検は峡谷のもっとも険しい核心部で悪天に見舞われたこともあり、苦しい状況に追い込まれた。

核心部にたどりついたのは、濃密な藪《やぶ》をこぎ、泥壁の急崖をよじ登り、標高差千メートル前後の尾根を乗り越え、二週間ほどたったころだった。前日から雨で濡れて黒光りする峡谷の側壁を見て川沿いからの突破を断念した私は、迂回して越えるため藪斜面を登りはじめた。冷たい氷雨《ひさめ》で下着までずぶ濡れとなり、寒さに震え、たまたま見つけた洞穴に逃げこんだ。

数日停滞して天気が回復した頃には食料が枯渇し、私は峡谷の完全突破をあきらめていた。ひとまず一番近くにある村を目指し、深雪をラッセルして四千メートルの尾根をこえ、ふたたび藪の密林に入った。食料はほぼ尽きており身体は満足にうごかない。そして密林を何日もかきわけた先で目にしたのは、目指す村がなくなっているという現実だった。

緊急避難先が消えていたのだから愕然とした。ただ、川の向こうにそれとは別の村が見えたのが希望だった。翌日、私はその村に行くべく藪をかきわけ川岸へと下りた。地図には橋のマークが描かれており、そこから対岸の村に行けるはずだと考えていた。ところが現場にたどり着くと肝心の橋が見つからない。どんなに探しても私の命が未来へとつながるその架け橋が見つからなかったのである。

峡谷は激流部がつづくが、見下ろすと、私と村の間だけは川の流れがゆるくなっている。川幅は目測で七十メートルほどだ。対岸には村がある。今からほかの村を目指すとしたら一週間以上かかる。食料が尽きていることを思うと到着する前に野垂れ死にするのは必至である。私はどちらが生き残る可能性が高いかを熟慮し、川を泳いで対岸にわたったほうが生還できる確率があると考えた。

もはやそれしか生きのびる道はない。そう決断し、川へ下りたつ場所を探しているときに、一本の細い金属製ワイヤーが対岸まで架かっているのを発見した。

こうして私はワイヤーにぶらさがって村にたどり着くことができ、結果、生きのこったわけだが、ここで問題になるのは、私がワイヤーをわたりきり、いわば死の瀬戸際から脱出したときに何を思ったのかだ。

私はこんなことを考えた。

もしワイヤーではなく、川を泳いで生きのこったら、そっちのほうが話は面白くなったんじゃないか？

そしてこんなことを考えている自分にゾッとした。

真冬のチベットの大河である。いま冷静にふりかえっても、最初の決断どおり泳いでいたら九割方、低体温症で死んでいたと思う。にもかかわらず、そんな思いが頭をかすめたのである。

どうしてそんなことを思ったのかというと、このとき私は書く存在になっていたからだ。書く存在というのは比喩的な意味ではなく、すでにライターになっていたという意味である。

それだけではない。実際、私はこの探検の経緯をしるした『空白の五マイル』という本を書きはじめてもいた。じつはこの本は二部構成になっており、第一部はその七年前に実行した一回目のツアンポー峡谷探検の話で構成されている。

裏話めいた話だが、この二回目のツアンポー探検の前年、私は新聞記者を辞めてフリーのライターとなり、とある公募のノンフィクション賞に、この探検とはまったく別の作品で応募した。このときは最終選考で落選したのだが、わりと評判はよく、担当編集者から来年も挑戦しないかと誘われていた。そんな経緯があり、次はツアンポー峡谷の探検記で応募することに決め、出発前から七年前の第一部の話を執筆しはじめていたのである。

もちろん探検行為への思いは純粋で、書く、書かないに関係なく絶対にやらなければならない課題だった。なにしろ新聞社を辞めたのも、七年前の探検のやり残しをなしとげるためであり、この探検はもはや、私にとって納得するまでやらなければ人生が前に進まない宿痾《しゅくあ》のようなものになっていた。ただし記者を辞めてからはライターで生きていこうと決めていたので、探検が終わったらそれを作品化しようとも考えていたのである。

川を泳ぐ選択肢にきづいたとき、私は書くことはおそろしいことだと実感した。泳いでいた方が面白い話になったのではないか。つまり、いざ面白くなる可能性があれば、死の危険もかえりみずにそちらを優先させかねない。そういう立場にたつ自分をこのとき発見したのである。

これは常人のふるまいとしては不自然で、書く立場にならなければありえなかった視点であろう。

もし、私が書き手ではなく純粋に行為者として存在していれば、生きのこるという一点のみが行動基準になるので、ワイヤーで川をわたったことを疑問に思う余地はなかった。

ところがこのとき、私は行為者であると同時に書き手でもあった。

行為者からしたら、行動基準に、話が面白くなるんじゃないかという別の観点が加味されるのは気持ちの悪いことだ。私の探検は、純粋な行為と書き物の材料とに分断されており、表現側から「川を泳ぐこともありだった」とする狂気じみた選択肢が浮上する。行為者として気持ち悪いのは、表現のほうから聞こえてくる、もっと面白くしよう、という、この呼び声だ。

この呼び声は不純だ。不純なのは、余計な視点が判断にまじりこみ、死ぬ可能性が高くなるから、ではない。書き手であることによって、行為そのものが粉飾されたり編集されたりする可能性が生まれるためである。もっとあからさまにいえば、ヤラセをひきおこす可能性がつねにある。やるかやらないか以前の問題として、そういう可能性の芽があること自体、不純な証拠である。

もしこのとき、本当に川を泳いでわたっていたとしよう。その場合、この決断はいったい誰がくだしたものなのか。それは行為者としての私ではなく、書き手としての私だ。私という人間は行為者と書き手の二人に分裂している。〈行為者・角幡〉がワイヤーを見つけて、嗚呼よかった、助かった、と心の底から安堵して、ワイヤーでわたろうとしたところに、〈書き手・角幡〉がやってきて、「ちょっと待ってよ、行為者君。そこはワイヤーじゃなくて、泳いだほうが読者は喜ぶでしょ」と議論となり、行為者・角幡を論破する、とそういう構図なわけだ。これでは、どこからどう見ても純粋な状態だといえまい。

このように実際に書き手となり、そのうえで何か行為をすると、どうしても人格が行為者と書き手にわかれ、書き手の自分が行為する自分を俯瞰的に見るという複層的な視点が成立する。

じつはこの最後の場面にいたる前から、私はこの探検の間ずっと、この複層的視点に煩わしさを感じていた。行為者としての私が必死に草をひっつかみ、折れそうな灌木《かんぼく》をにぎりしめて必死に泥壁をよじ登る。でも、そのとき書き手としての私はその状況を冷静に見つめて、「今、私は頼りない草をつかみ、中指ほどの灌木をにぎって右足をスリッピーな崖の段差において……」などと心のなかで実況中継のようなことをしている。

書き手の私に探検を終えたら作品化する意図があるせいで、行為者である私の領分にたえず入りこみ、文章表現に置きかえているのだ。一歩間違えば、行為する前に「そっちのスリッピーな崖に行ったほうがいいんじゃないか」という表現側からの指示が聞こえてきそうで変な感じがする。

こんな経験は書き手になる前はなかったことだ。

七年前の一回目のツアンポー峡谷探検のときは、このように視点は二つに分裂していなかった。一回目の探検の後も、私は帰国後にかなり長いレポートを登山の専門誌によせたが、当時はまだ書き手という認識がなく、そのレポートは、たまたま探検が面白い結果となったから書いた、という事後発生的純粋レポートの位置をたもてていた。

しかし、二回目のときはすでに書き手になってしまっていた。実際はまだ作家としてデビューする前だったが、そういう問題ではなく、ライターとして生きていこうと望み、探検終了後に作品化しようと考えていた時点で、私は行為者＋書き手になっていた。

一度、書き手になってしまうと、純粋に行為をなりたたせることはむずかしい。書き手としての私は、行為者としての私につねに入りこんできて余計な口出しをしようとする。もちろん実際の探検の現場で書き手の意見が採用され、行為が面白おかしく編集される、つまり行為そのものがヤラセまがいの偽物になることは、まずない。ツアンポー探検のラストでもわかるように、そんなことをしたら死ぬかもしれないからだ。しかし、ふとした折に忍びこもうとする書き手の視点が、行為者としての私にとってはとても鬱陶しく、煩わしい。

3　さりげなさを装うことの欺瞞

ノンフィクションやドキュメンタリーであつかうのは、経験や見聞したナマの事実なので、どんな書き手であれ同じような不純につきあたるはずだ。旅や冒険のような自身の行為ではなく、インタビューや取材で作品を書く場合も、それはかわらない。なぜなら、人に話を聞くこともまた、ひとつの行為であり経験だからだ。

取材で人に話を聞くときも、話を聞くと行為者としての私とは別に、この話をどう面白く料理してやろうかと思案するもうひとりの私がいる。作品化を前提にした途端、行為者という〈純粋に生きる存在〉は表現者に侵食され、汚され、その不純さに葛藤することになる。もしこうした不純に気づかない書き手がいるとすれば、それは鈍感なだけだろう。

でも不純だと感じたとしても、それを作品のなかで見せるわけにはいかない。なぜなら、もし内幕を見せてしまえば、描かれた作品世界を崩壊させることにつながりかねないからである。

ノンフィクションという事実や現実を相手にした表現物においては、自分が書く存在であることを読者に感じさせずに物語を進めてゆくほかない。そしてこの自然さがウソであること、あるいはウソにかたむく危険があることを、自らの文章のなかで率直に明かす者はほとんどいない。

私が知っているなかでは唯一、沢木耕太郎《さわきこうたろう》がエッセイ集の『夕陽が眼にしみる』（文春文庫）で次のように書いているだけだ。

〈ひとたび「物書き」になってしまった以上、さりげない旅などできはしないのだ。「物書き」は「物書き」としての旅以外のものはできない。有名無名、顔が知られているとかいないとかの問題ではない。（中略）「物書き」には、当り前の旅行者が持っている、旅そのものが目的というところからくる切実さが欠けているのだ。「物書き」が紀行文においてさりげなさを装うことは欺瞞《ぎまん》にすぎない。〉

作家山口瞳《やまぐちひとみ》を論じたこの小作品のなかで、沢木耕太郎は行為と表現の本質をこのようにするどく指摘していた。

でも普通はこんなあけすけなことは書かない。この論理をつきつめると、書き手たるおのれの存在基盤は崩壊し、行為することと表現することのどちらを選ぶのかという究極の問いにぶつからざるをえなくなるからだ。

もしあなたがライターであるにもかかわらず、行為（旅）すなわち純粋に生きることを選べば、その行為を書くことはできない。なぜならこれまで述べたとおり、書こうと思った時点でその旅は表現欲求に蝕《むしば》まれているから。また、行為のさりげなさを認めてしまえば、その行為が虚飾《きょしょく》にまみれた偽物であることを認めることになるので、それもできない。

私は行為者でもあるせいか、ずっとこの書き手の不純、欺瞞にどこか居心地の悪さを感じてきた。

本来であれば純然と独立していなければならない行為というものが、行為者ではなく、書き手である自分によりたえず管理されようとしている。何をやるか、どんな探検をするか、ということに関しても、それをやればこんなことが書けるのではないかという意識がはたらき、決定されているのではないか。もっといえば最終到達地点としての〈作品〉が行為の先にちらつき、それを書くことが行為することの強いモチベーションになっているのではないか。だとしたら行為者として私はうす汚れた存在である……。

ツアンポー峡谷探検以来、私はこうした自己懐疑にさらされてきた。

ただ、ある程度、年を重ねて四十を越えると、若いときに顕著だった生真面目さは徐々にうすれ、いい意味でいい加減になり、現実の自分と折り合いをつけることができるようになった。やがて私は、行為する自分の傍らに、書き手である自分が同居することに慣れていった。

なるほど私は探検や冒険のような行為をする。でもその目的は、行為をつうじて何かを表現することだ。私は行為をつうじてメッセージを発する作家なのである。そうわりきり、表現することだって伝えたいという思いでは純粋であり、その純粋さは、山に登る純粋さと何ら変わるものではない。そう開きなおれた時期もあった。

余裕がうまれたせいか、行為者と書き手が同居するノンフィクション特有の不自然さを、作品のなかで解消するというアクロバティックな技を試みたこともある。

どういうことかというと次のようなことだ。

ルポルタージュやノンフィクションでは行為するときの心情はあくまで行為者の心情として描かれるものであり、書き手としての自分には触れないのが普通だ。そんなことをすると、わけがわからなくなるからである。沢木耕太郎がいう〈さりげなさ〉がそれだ。

たとえば氏の代表作のひとつである『深夜特急』について考えてみると、彼はこの作品のなかで書き手としての自分を登場させていない。最初から最後までさりげない旅人をよそおっているが、私の問題意識では、このさりげなさははたして事実なのか、ということが気になる。

『深夜特急』という作品が書かれたのは、旅を終えてから短くない年月をへたあとだったという。かつて私と対談したとき、沢木氏は、旅に出た時点でこれを作品化する意図はそもそもなく、日記も書いていなかったので、旅の途中に記した手紙やメモを見ながら記憶を呼びおこして書いたと話していた。旅のあいだは、書き手としての自分は完全に排除されていて純粋な旅人であった、ということなのだと思うが、しかし現実の旅の局面で、沢木氏が本当にさりげない旅人として存在できたかといえば、そんなわけはないんじゃないか、と私は思う。

そもそも旅に出た時点で、沢木耕太郎は押しも押されもせぬ売れっ子ライターだった。ほかの誰よりも行為を面白く書く能力のある人物が、その書く業《ごう》から完全に抜け出ることなどできるのだろうか。

『深夜特急』のなかでも印象的なシーンのひとつにマカオでのカジノの場面があるが、あのような行動をとっていたそのとき、沢木氏本人の頭のなかに、これはいつか書けるかも、という意識はまったくはたらかなかったのだろうか。あるいは一年にわたる旅に決着をつける結末の場面には、どこか無理やり意味あるゴールをこしらえた不自然さが漂うが、そのような不自然さがなぜうまれるのかというと、旅人沢木耕太郎の脇にライター沢木耕太郎があらわれ、旅の結末が締まらないと物語のカタルシスも得られないと考えている様子が見えかくれしているからではないか。そんな疑問が私個人としてはぬぐえない。

無論、かといって『深夜特急』という作品の完成度が落ちるわけではない。むしろさりげなさを貫徹したからこそ、この本は後世にのこる名作となり、今も旅人のバイブルという地位をたもっている。

そう考えると、書き手の不純をいかに処理するかという問題に対して、沢木耕太郎という書き手がとった対応策は、さりげなさを貫徹するというものだった。というか、沢木氏ではなくとも、自分の活動や行動を文章にするときは、それ以外に書きようがない。しかし沢木氏本人が〈ひとたび「物書き」になってしまった以上、さりげない旅などできはしない〉と書いているとおり、さりげなさをよそおった書き手の行為は、その時点で行為としては欺瞞である。

自分は書き手だと割り切れれば、この欺瞞は許容範囲なのかもしれない。あくまでこの欺瞞は行為者にとっての欺瞞であり、書き手にとっては欺瞞ではないからだ。でも、私は書き手である前に行為者なので、この欺瞞がいやなのである。

欺瞞のある行為を、さも純然たる行為として書くとき、書き手の心のなかには、自分は本当の自分をごまかしているとの負い目が生じる。私が解消したかったのは、書き手はこの負い目を書き物のなかでどのように処理できるのか、という問題だった。

さりげなさをよそおえば作品としての完成度は高まるが、自分のなかでの気持ちの悪さはのこったままだ。ツアンポー探検の例でもわかるように、自分が何か行動をおこしているとき、純粋な行為者である自分のとなりには、こう行動したほうが面白くなるのでは？　とささやくうす汚れた書き手としての自分がいる。さりげなさをよそおうということは、現実に存在するこの書き手としての自分を無視し、無いことにするということだが、このさりげなさを貫徹させると、それは事実と反することになり、自分を欺くことになる。問題はどのように書けばこの自己欺瞞を消せるのかということだ。

技術的に考えたら、この書き手の負い目を処理する方法はひとつしかない。それはじつに簡単なことで、書き手としての自分も一緒に作品のなかに登場させることだ。

私は『極夜行』という作品の何カ所かでそれを試みた。

たとえば、この探検では中盤で食料不足になり、闇夜のなかで麝香牛《じゃこううし》狩りを決行する場面がある。だが、いかんせん月明かりしかない状況で獲物を見つけることはむずかしく、私はそれに失敗した。そしてとぼとぼと帰還の途についたが、狩りに失敗している以上、食料不足は解決していない。わずかな食料でどうしたら数百キロも離れた人間界に生還できるか。この問題について、どのような考えが私の頭を占めていたのかといえば、それは、旅の仲間である犬の死体を食えば生還できるはずだという、ある意味で究極の解決策だった。

この犬はもう何年も前から毎年一緒に長旅をともにしてきた仲で、私にとってはかけがえのない相棒だった。極夜の旅でも、すでに二カ月近く苦楽（というか苦しかなかったが）をともにしている。しかし食料はどう考えても村に帰るのには足りない。そして犬の食料はすでにほぼ底をついており、犬が私より先に死ぬことは明白である。犬はげっそり痩せこけ、橇を引くこともままならない。そんな状態だったので、私は犬が死んだらその死肉を食べよう、そうしたら計算上、自分は生きのこれるはずだと考えていた。そして犬が死ぬのを、事実上、私は待っていた。

ツアンポーのときと同じように状況が極限に近づくほど、私の人格は分裂し、書き手としての自分がしゃしゃり出てくる。極限的な場面のほうが書く題材としては面白くなるからだ。犬が死んだらその肉を……との考えは、もちろん何が何でも生きて帰ろうとする行為者としての私から生ずる自然な解決策だったのだが、書き手としての私は、この状況を、本になったらここがクライマックスになるのかもしれないという不純きわまりない冷徹さでながめている。

そのせいか、夜になり（といっても極夜なのでずっと夜だが）寝袋にはいって瞼《まぶた》をとじると、犬を殺すシーンが文章となって頭のなかを駆けめぐり、異様に興奮して眠れなくなる。異常状況に反応して脳が覚醒し、望んでもいないのに文章がとめどもなくあふれ出てくるのである。

『極夜行』という本を書くにあたり、私は、自分が書き手であるがゆえに発生したこの特殊覚醒状態についても触れることにした。書き手であることが、今起きている現実に別角度からの視点を投げかけている。そのことも、私の探検におけるひとつの事実として作品のなかにおりこむ。そうすることで、さりげなさをよそおうという、書き手が行為するときにかならず生じる欺瞞を解消できると考えた。

4　おのれのためだけの究極の行為

表現することの不純性は、次のようなケースを考えるとより明確になるのではないだろうか。

あるクライマーが、途轍《とてつ》もなく困難なヒマラヤの岩壁に登攀しようと決めたとする。しかし彼はその挑戦を誰にも明かさず、どこにも発表せず、ただおのれの問題として決着をつけることにした。そして黙々とその目標にむけて心身を鍛えあげ、ついに、二十年にわたる余人にはとても想像のおよばない鍛錬と努力のすえに、その岩壁の登攀に成功する。

ところが彼は登山に成功しても、その記録をどこにも発表しなかった。あくまでその登山は自分自身の問題であると考え、すべてを自分の心のうちに留めておくことにしたのである。

その記録が日の目を見ることになったのは、彼が死んで、遺族や山仲間が彼の登山日記を発見したときだ。彼は家族にさえ登山のことをいっさい話していなかったので、遺族や知人はその日記を読み、彼がヒマラヤで何をしていたのかをはじめて知り、仰天した。こうして彼の手記は死後はじめて登山雑誌に掲載されることとなった。

こうしてそのクライマーの登山ははじめて世に出ることになったが、このとき、その雑誌で記録を読んだ読者ははたしてどう思うだろうか。おそらくは、究極の自己満足としかいいようのない彼の行為の純真さに、強く心をうたれるのではないか。と同時に、なぜ彼はそんなことをやっていたのか、という何か言いしれない重苦しさや、人間の深き業だけがもつ無気味さに震えるのではないだろうか。

まちがいなくこの驚きの原因は、この登山家が信じがたいほど困難な登攀に成功したことそれ自体にあるのではなく、そのような偉大な登山をしたにもかかわらず誰にも口外しなかったことのほうにある。もし同じ登攀に成功したとしても、それがすぐにニュースになって社会に伝われば、つまり表現に転化されてしまえば、人を圧倒するほどの重苦しさや純真さはぬぐいさられてしまう。

まったく表現せず、途轍もなく遠大で困難なことを、完全に自分の問題としてやる。その内在的純粋さを貫きとおしたとき、それは社会とは何の関係もない、ただの無意味な行為に転化する。彼が何のためにやっているのか、それは誰にもわからない。でも誰にもわからず、本人しか理解できないからこそ、それは究極でもある。そして誰の理解もよせつけないという意味で、その行為は同時に、無気味である、という相貌をもつことにもなる。

人々を本当に驚愕せしめ、そして瞠目させるのは、それが他者の理解をよせつけない無気味な行為であるときだ。それだけにひとたび書かれてしまうと、その究極の無意味さ、無気味さの領域には永久に到達することができないから。

第二章　羽生の純粋と栗城の不純

1　ぎりぎりのタイミングでのグリーンランド入域

表現の不純性についてつらつらと考えながら、私は成田空港からコペンハーゲンを経由して、グリーンランドのイルリサットという町までやってきた。

二〇二〇年十二月、コロナ禍がはじまった年のことである。

目指すのは最北の村シオラパルクだった。この村を拠点に、狩りをしながら、さらに北の地を犬橇で長期旅行することは私のライフワークである。コロナだろうとなんだろうと、十二頭いる犬の世話をするためにも、私はなんとしてでも村にむかわなければならなかった。

当時は多くの国が事実上の鎖国体制をとるむずかしい時期だったが、グリーンランドは旅行可能な地域のひとつだった。春から夏にかけて日本の新規感染者数が減少したおかげで、グリーンランド入域の窓口となる欧州諸国は、公益に資するわけではない私のような私的旅行者にも一応門戸をひらいていた。

巨大な島ながら、五・五万人ほどの人口しかないグリーンランドは、デンマークとの定期便の窓口をたくみにコントロールすることで、ほとんど感染者がいない状態を維持しており、当時は南極とならぶコロナ時代の別天地といっても過言ではなかった（ただしオミクロン株に変異してから感染爆発がおきた）。ただし、状況次第ではいつなんどき開いていた扉がとじてしまうかわからず、決して予断はゆるされない。

出国する前にPCR検査の陰性証明書を発行してもらい、必要な書類を準備し、ひっきりなしにキャンセルとなる飛行機の座席を確保してようやく出国となる。

現地の雰囲気は思ったよりピリピリしていた。オランダのイミグレでは、パスポートをチェックする筋肉隆々の兵士から旅行の理由を詰問され、犬橇の話をすると余計不審がられた。イルリサットの宿の人からも規制がつよまっているので旅行はやめたほうがいいと何度か忠告された。

もう一度ＰＣＲ検査をうけねばならず、イルリサットでは一週間ほど滞在した。不要な外出は許されず、基本的には一人で宿に閉じこもり、食材の買い出しのときだけ外に出るという日々がつづく。十二月中旬というと北極圏では太陽がでない冬、つまり極夜の真っ盛りにあたる。緯度がひくいイルリサットでも昼間からうす暗く、街灯がともり、毎日のように粉雪がまい、陰鬱《いんうつ》な景色がひろがっていた。町の人はマスク顔の私をみると、コロナ汚染地域から来た人だとわかり、複雑な表情をみせた。でもそれも私の思いすごしだったのかもしれない。私の卑屈な内面が人々の顔に投影されていただけかもしれない。

宿で検査結果を待つあいだに、加藤典洋の『日本人の自画像』を何度か開いた。読めば読むほど、彼の説く〈内在〉と〈関係〉の議論が、宿で悶々と検査結果を待つわが身の境涯につきささってきた。

どうしてコロナ禍のなか、わざわざグリーンランドくんだりまで来ているのだろう？

表向きの理由は十二頭もの犬の存在だった。冬に犬の世話をするのは村人にとっては大きな負担で、私が行かなければ処分される可能性がある。それだけは絶対にさけなければならない。そういう思いはたしかにあったし、人に説明しやすくもあった。

一方で自分の内側から湧きあがる、もっと深い、名状困難な衝動に突きうごかされている感覚もあった。やらなければならないという内からの呼び声だ。

その旅は書くための行為ではなかった。それだけはわかっていた。

作家という肩書きを名乗っているのにどうかと思うが、今更シオラパルクに行って犬橇旅行をしたところで、書けることなどほとんどない、とこのとき私は思っていた。シオラパルクに通ってすでに七年がたち、何冊か著作も書いている。犬橇に関しても、開始から二年が経過し、技術的な習得はほぼ終わった。試行錯誤をくりかえし、犬に振りまわされた初期の話なら書くことがあるが（その後『犬橇事始』というタイトルで刊行した）、それも軌道にのったいま、雪と氷ばかりの単調で虚無的世界の旅を毎年くりかえしたところで読者が喜ぶ話など書けるわけがない。この旅を文章作品にしようという気持ちは私にはさらさらなかった（と言いつつ、こんなふうに書いてしまっている）。

それでも行くのは、犬橇旅行がうまくなり、大地とのつながりがより深まることが単純に面白いからだ。

土地や狩りの獲物の生態を熟知して、それを利用して旅ができるようになると、土地と同化する感覚は深まってゆく。経験、能力、知識の向上が、自分は大地に存在しているのだ、という感覚をもたらす。犬橇旅行ほど生きている存在としての自分を実感できる時間はほかにない。外的な世界が広がっていくのと同時に内的な世界が深まり、両者が一致していく運動のなかに自分の生きてきた道筋がたしかに存在している。

北極をおとずれるようになったのはたまたまだし、犬橇に行きついたのもほとんど偶然の産物みたいなものだが、でも偶然がつみかさなって今の活動につながっていることが、逆に、今これをやっているのは必然なのだという感覚を生みだしていた。

感覚の深まりは言葉で伝えるのがむずかしいし、伝えても他人にその感覚はないわけだから、共感や納得は生みださない。面白くないと本は売れない。読者が少ないと、書く意味を見失い、虚しさは増す。だったら感覚的な深みなど求めず、面白いネタを探せばいいではないか、という議論になるが、それは書き手としての立場の話だ。行為者からすると、書いて伝わるような表面的な面白さよりも、書いても伝わらない深度のほうが本物に接続されている感覚がつよく、魅力的である。かつて私は、書き物のなかに行為のすべてを表現することは可能だ、作品のなかにこそ私という全存在はあるのだと考え、そうしようと努力してきた。でも今はそんなふうに考えていない。むしろすべてを書くことはできない、私という全存在は、書いた作品のなかにあるのではないと考えている。

では私という存在の本質はどこにあるのか。答えは他者とのつながりだ。他者には人間以外もふくまれる。人間は移動する存在であり、これまでの旅をつうじて築きあげた私の行動半径としての北極の大地の広がり、あるいは犬との関係の深まり、そこにこそ私という人間の存在証明がある。北極の大地から離れることができなくなったのは、それが理由である。

書くこと、あるいは表現することは〈関係〉の視点からおこなわれることであり、どのように読まれるかという観点から逃れることはできない。読者のためではなく自分の書きたいことだけを書く、などと言いつくろったところで（私も以前はそういうことを言っていた）、それは詭弁にすぎない。どのように面白く書けるかと考えている時点で、それは読者の目で自分の行為を編集することにつながる。

でも行為はそういうものではなく、本来は〈内在〉から発動するものだ。経験によっておのずと生じる、これをやりたいという思いにしたがっておこなわれれば、その行為は生きることと一致し、おのれの生の瞬間に触れることができる。だから〈内在〉にしたがって生きることが〈よりよく生きる〉ための唯一の途だ。よりよく生きるとは、社会道徳や公益性から見た〈よりよく〉ではなく、信念をもって自分固有の生を生ききるという意味での〈よりよく〉である。

2　『神々の山嶺』における内在と関係

加藤の〈内在〉と〈関係〉から行為と表現について考えていたとき、一冊の小説を思い出した。学生時代に読んだ山岳小説、夢枕獏《ゆめまくらばく》の『神々の山嶺《いただき》』である。

この小説は、山に命をけずる人間の激しさを描いているのだが、その一方で〈内在〉と〈関係〉、行為と表現の相克が裏のテーマとして設定されているのではないかと思いあたった。

岡田准一《おかだじゅんいち》主演で映画にもなった超人気作なので読んだ人も多いかと思うが、ざっと内容を紹介すると、物語は次のような筋立てですすむ。

舞台は世界最高峰のエベレスト、主人公は二人、カメラマンの深町誠《ふかまちまこと》と、登山家の羽生丈二《はぶじょうじ》である。エベレストの遠征登山に同行した深町が、カトマンズの古道具屋で年代物のコダックのカメラを見つけることから話がはじまる。プロの山岳カメラマンである彼は、すぐにそのカメラがいわくつきのカメラであることに気づく。すなわちそれが、あのジョージ・マロリーのカメラであることに、だ。

「そこに山があるから」という言葉で知られるマロリーは、エベレストにはつきものの伝説の登山家だ。

一九二四年、マロリーは三度目のエベレスト遠征で頂上直下までせまり、その姿が下部キャンプの隊員によって目撃された。だが、それを最後に消息を絶ってしまう。この遭難が登山史上最大の謎を生んだ。

エベレストに初登頂したのは一九五三年の登山家エドモンド・ヒラリーとシェルパのテンジン・ノルゲイだが、じつはその二十九年も前に、マロリーによって世界最高峰の頂は踏まれていたのではないか、という謎である。マロリーが帰ってこない以上、真偽は不明だ。もしその謎を解く鍵があるとすれば彼が持参していたカメラしかないだろう。登頂していればかならずフィルムにおさめていたはずだからだ。深町が古道具屋で見つけたのは、そのカメラだった。

ところがそのカメラが盗まれてしまう。カメラの行方を追う過程で深町が出会ったのが、羽生丈二という登山家だった。

谷川岳一ノ倉沢《たにがわだけいちのくらさわ》やアルプス・グランドジョラス北壁冬季単独登攀における奇跡の生還などで知られる羽生は、すでに登山界の生きる伝説であり、深町もその名は知っていた。

羽生と出会うことで、深町はおどろくべき事実を知る。羽生は冬季エベレスト登山隊でいざこざを起こし、その後は登山界から姿を消したと思われていたが、じつは登山をやめたのではなく、理解あるシェルパの庇護のもとネパールに不法滞在をつづけ、究極の登山をねらっているというのである。その究極の登山というのが、エベレスト南西壁冬季単独無酸素登頂だ。

羽生と知り合い、接触することで、やがて深町はカメラに秘められた登山史の謎よりも、羽生という鉄の意志をもった強烈な個性に惹かれ、彼を追いかけるようになる。

その後、いろいろと事件、恋愛、昔話が挿入されて息つく暇なくストーリーが展開するが、最終的に羽生は宣言どおりその究極の登山を実行する。羽生の登山を、深町が下部キャンプから見届ける場面が物語のクライマックスだ。頂上直下の岩壁を攀《よ》じ登る羽生。それを見守る深町。しかし最後に山頂は霧にとざされ、登頂したのかどうかわからないまま羽生は行方を絶ってしまう。羽生はカメラに秘められたマロリーの謎と完全に一体化し、山に消えるのである。

では、この物語の何が〈内在〉でどれが〈関係〉なのか。

言わずもがなだが〈内在〉の象徴的人物がエベレストに消えた羽生である。羽生のエベレスト登山のポイントは、彼がこの登山のことを誰にも口外していなかったことである。

不法滞在の身なので話すわけにはいかなかった事情はあるが、ともかく彼はその行為を秘密のまま実行し、そして死んだ。知っていたのは彼をかくまったシェルパや、事実上の妻であるシェルパの娘、そして深町など周囲の一部の者だけである。仮に登山に成功して下山したとしても、不法滞在の身の上なので発表はむずかしかったろう。つまり彼は成功しようと失敗しようと、最初から公にする手段を封じられたうえでそれを実行していた。

表現しない、公にしないということは、社会との関わりを完全に絶ち、それでもやらなければならない問題ととらえて、実行したということだ。羽生にとってその登山は完全に自分との闘いだ。それをやらなければ生きている意味など存在しないにひとしい、それが彼にとってのエベレストである。つまり羽生は、前に私が示した究極の内在的行為としての、完璧に秘密裡におこなわれる偉大な登山、それをそのまんま実行した人物としてえがかれている。

人物造形もとても内在的である。

羽生の昔のエピソードは物語の随所で語られるが、そこで彼はひたすら自己の信念、論理にのみ忠実な男として描かれる。彼は世間となじまない男で、読んでいると、困った人物というか、それを通り越して、何を考えているのかわからない薄気味の悪い人物にさえ思える。

登山家なのだから登山の論理にのみしたがって行動すべきだ、というのが羽生の哲学である。もちろん登山的な意味でそれは筋がとおっているのだが、まわりの登山仲間は現実としてそこまではできないので、普通に世間と折りあいをつけて生きている。それが羽生には納得できない。だから議論はかみあわず、必然的に周囲とぶつかり人間関係は悪くなり、登山界でも浮いて一匹狼になる。〈内在〉をぐつぐつ煮詰めて純粋結晶させたような人物、それが羽生丈二である。こういう人物はちょっと壊れた感じがして、ちょっと怖い。本居宣長とおなじくつきぬけた内在は周囲に得体の知れない印象をあたえるのである。

一方の深町は〈関係〉を象徴する人物である。

深町はカメラマンであり、つまり表現者だ。しかも、なんとなく気づいたらカメラマンになっていた中途半端な表現者といっていい。自分のなかに確固としたテーマもないので、いつも何か面白いことがないかなぁ、とハイエナみたいにネタを探している。

面白いというのは、彼の心に自然にうかんでくる面白さではなく、外の人間の目から見ての面白さであり、ひらたくいえば雑誌に写真がのって食いぶちを稼げるネタが見つかればそれでいい。まず〈関係〉がはじめにあり、その〈関係〉的視点によってもともと内容がなかった〈内在〉が埋められる。それが彼の行動の構造だ。そのような意味での究極に面白いネタが、あのマロリーのカメラだった。

興味深いのは、〈内在〉的な羽生と〈関係〉的な深町のどちらがより虚しい生き方をしているかというと、それは深町のほうだということである。

たしかに羽生は人間関係がうまくいかず苦しそうな生き方をしているが、人生は行きづまってはいない。彼は、それまでの生きてきた足跡からおのずと生じる〈内在〉的道筋にしたがって生きているので決してブレないし、行為と実人生が完璧にフィットしている（ただし〈内在〉的論理にしたがったがゆえに死ぬ）。

一方の深町は完全に行きづまっている。女との関係もうまくいかないし、カメラマンの仕事も順調とはいえない。登山だって中途半端で、なんとなく参加した遠征も死者を出して失敗におわった。中年になって何もかもうまくいかなくなったのも、それまで〈関係〉的に生きてきたせいで内側の論理が育たず、そこに虚無の穴がぽっこりと空いているからである。

この二人のうち、著者の夢枕獏がどちらの生き方が魅力的であると考えているかというと、当然ながら羽生のほうである。

それは彼の人物造形や物語の展開をみてもそうなのだが、それ以外にも、例えばカメラの謎の扱いをみてもわかる。

いま書いたように、マロリーのカメラは深町にとって、行きづまった人生を一発逆転させてくれる、どでかいネタである。うまいことフィルムを抜きだして現像に成功し、そこに山頂でよろこぶマロリーの姿など写っていようもんなら世界史を書き換える大発見だ。『ナショナルジオグラフィック』から仕事がまいこみ、新聞雑誌の取材でてんてこまい、有名人になることまちがいなしである。

それゆえ深町は盗まれたカメラを必死に追いかけるのだが、それなのに羽生と知りあったことがきっかけで、深町は次第にカメラに対する関心を失っていく。それと同時に、読者にとってもあれほど魅力的だったカメラの謎は徐々にしぼんでゆき、途中からはどうでもいいものとなり消えてしまう。

この作品のキモは深町の変化、つまり覚醒にある。カメラの探索にあるように、深町は最初は外側の視点で自分の行動をつくりあげる〈関係〉的な人物として造形されている。ところが、そのカメラが、つまり彼の〈関係〉的生き方の象徴であるそれが、盗まれてなくなってしまう。カメラの存在感がなくなるのと並行して、〈内在〉の権化である羽生が登場して、深町はその姿に感化されてゆく。

したがって、この小説で描かれるのは〈関係〉が〈内在〉にとりこまれてゆく、その過程だと考えることができる。羽生と出会うことで深町の生き方は〈関係〉から〈内在〉へシフトし、その深町の変化が途中で存在感を消したカメラの扱い方に象徴されている。

〈内在〉によって生きなければ人は本物に到達することはできない。〈関係〉が最初にくるとダメなのだ。夢枕獏が作品にたくしたメッセージは、加藤典洋の主張とかさなる。その証拠に、覚醒した深町が単独でエベレスト登山に挑む場面で物語は終わる。〈関係〉の象徴・深町が〈内在〉の象徴・羽生にとってかわられ、虚無だった深町の内側に内容物が充塡されることで、物語は大団円をむかえる。

3 『神々の山嶺』に感化された男

羽生は〈内在〉という概念の究極の存在としてみることができる。じつは羽生丈二の人物像は、森田勝《もりたまさる》という実在した登山家をモデルにつくられていて、登山史に多少の知識があればすぐにピンとくるほど、その登山履歴は森田のそれを忠実になぞっている。しかし小説なので、羽生は森田をはるかに上回るスーパーマンだ。羽生が挑戦したエベレスト南西壁冬季単独無酸素登頂という登山は、実際は人類には不可能な非現実的課題である。ただでさえエベレストという超高所を無酸素で登ることは成功者のすくない偉業なのに、そこに難ルートとして名高い南西壁、冬、単独という三つの悪条件をかさねているのだから。

要するに、夢枕獏は地球上でもっとも困難な課題の象徴としてエベレスト南西壁冬季単独無酸素登頂を設定し、それをスーパーマンである羽生丈二に実行させることで、登山家という存在の純粋結晶物を描きだそうとした。

そして、そんなことは多少常識をはたらかせれば誰にでもわかることである。

ところが、だ。この人類には不可能な課題を本当にやろうとした男がいたことを知って、私は驚いてしまった。いや正確にいえば、その男が南西壁にとりつき、そして死んだことは知っていた。驚いたのは彼のその行動が、『神々の山嶺』を読み、羽生に感化されてのものだったらしいことを知ったからである。

イルリサットでPCR検査の結果を待つあいだ、私は宿で加藤典洋の本を読みながら〈内在〉と〈関係〉、そして『神々の山嶺』について考えをめぐらせた。五日後に出た結果は陰性、私は無事に放免となり、小型飛行機でカナックという集落まで移動し、ようやくのことで犬たちの待つシオラパルクの村にたどりついた。

到着からしばらくすると、日本から事前に送っておいた荷物がヘリではこばれてきた。

荷物のなかには食材や装備関係のほかに、村で滞在中に読むための書籍が十冊ほどあり、そのうちの一冊に河野啓《こうのさとし》『デス・ゾーン』（集英社）という本があった。エベレスト南西壁で滑落死した栗城史多《くりきのぶかず》がその前に『神々の山嶺』を読んでいたことは、この本で触れられていたのである。

河野啓『デス・ゾーン』は、私の手元にとどいてからしばらく、いわゆる〝積ん読〟状態で、本棚でねむっていた作品だった。

同作は集英社の開高健《かいこうたけし》ノンフィクション賞の受賞作である。私も同賞の出身なので、集英社の担当からは毎年のように、「今年の開高賞はこういう内容なので是非読んでみてください」との紹介というかパブリシティをうけ、本が送られてくる。もちろん献本されるすべての本を読む時間はないので、いただいた本の中から興味のあるものを読み、面白かったら週刊誌や月刊誌の書評欄に書くこともある。

『デス・ゾーン』は栗城史多のことを書いた作品なので、いずれ読まなければ、とは思っていたのだが、どうにもなかなか手が出なかった。その理由としては、私自身が栗城氏の登山にたいしてあまりいい印象をもっていなかったことがある。かつての私の山仲間や知り合いにはスタッフやガイドとして栗城氏の遠征に関わった者がいて、彼の山での振る舞いや独特な考え方について直接話を聞いていたのである。

でも何より、彼からネガティブなイメージを払拭できなかったのは、彼のやり方が〈登山の常道〉から大きくはみ出していたことが大きかったように思う。

私だけでなく、登山・冒険界隈の本筋の人は、九割以上が彼の登山を評価していなかったが、その理由もおそらく同じだろう。彼の発想は登山界の人たちが守ってきた慣習や文化を無視するやり方だったといっていい。

『デス・ゾーン』と栗城氏の話に進む前に、前提として、この登山の常道なるものについて話を深めておいたほうがいいだろう。というのも、この登山の常道なるものは本稿のテーマである〈内在〉と〈関係〉、行為と表現とも密接にからんでくるからである。

4　登山の常道～自分の山について

ここでいう登山の常道とは、登山者がその山に登りたいと思うようになる筋道のことだ。

ある人が何かの偶然がきっかけで山登りをはじめる。テレビで山の番組を見たのかもしれないし、友達に誘われたのかもしれない。きっかけはなんでもいいのだけれど、ともかく山岳会とか大学の山岳部とかにはいり、山の世界にまよいこむところからはじまる（私の場合は探検部だった）。

ほかの活動同様、登山もまた段階をふんで成長する。最初は丹沢《たんざわ》とか奥多摩《おくたま》あたりの夏山登山道から登り、慣れると南アルプスとか北アルプスの高山にむかう。一般登山道からのぼるのに飽き足らなさをおぼえると、沢登りや岩登り、冬山など、ロープやピッケルなどが必要な、やや高度なルートに挑戦する。

それと並行して興味をもって山のことを調べるようになる。ネットで記録を検索し、ルート集や地図をみて想像をふくらませ、実際に登ってみて登頂に成功したり敗退したりするうち、山（ルート）と自分との力の差を身体的につかみとり、さらに困難なルートに挑戦しようとか、もう少し現実的なルートで力を蓄えようと考えるようになる。

こういうことを続けるなかで、登山者の心には、嗚呼、次はこの山に登ってみたいなぁ、この岩のルートに挑戦してみたいなぁ、あのルンゼ（岩溝）は冬は凍るのかなぁ、という思いが生じて、それに自分自身がとりこまれてしまう。

こうした思いつきが生じると、そこから逃れるのはむずかしい。なぜなら、それは、その人が歩んできた登山の経歴があってはじめてたどりつく、その人固有の思いつきであり、それぞれの過去からうかびあがった未来の道筋であるからだ。なので、思いついたのにそれを実行しないと、どうしても自分自身から逃げたのではないか、という強烈な負い目や後悔が生じて、ずっと嫌な気持ちをひきずってしまう。

このように登山者は皆、大なり小なりそれぞれが思いついた各人固有の〈自分の山〉をかかえている。

もちろん経験や技術、身体能力、嗜好におうじて自分の山は各人でそれぞれちがう。でも、現実の物理的存在としてはちがっても、各々の内側から生まれてきたものであるという意味では、すべての自分の山はひとしい価値をもつものでもある。あらゆる山はあらゆる登山者にたいしてひとしく開かれている。登山者とは各々が内側にかかえる自分の山に登ろうとして、そのために努力する者のことだ。

登山の素晴らしさは、たぶんそこにある。そして努力して自分の山を登ると、また次の、より大きくてむずかしい自分の山がまた内側から生まれてきて、嗚呼、今度はあれを登りたいという次なる思いつきに打たれる。やがて自分の山はどんどん大きく、むずかしくなってゆき、一番奥にヒマラヤの岩壁やアンデスの氷壁といったものが控えている。

こうして見ると、登山者が登る山は、外側にある、単なる地形のでっぱりとしての山ではなく、内側から生じてきた自分自身が逃れられない山、実存から生まれた山だといえる。あくまで内在的に進行し、うかびあがってくるのが、登山者が登りたいと思う自分の山だ。自分の山ではない単なる山に登っても、それは山を舞台にした運動行為にすぎず、本質的な意味での登山ではない。

このような運動によって進展するのが登山の常道だ。登山にかぎらず極地探検も、またほかのすべての冒険や探検も、いやもっといえば冒険や探検にかぎらず、人が何か個人的な一線をこえるときは、かならずこうした内在的プロセスを踏んでいる。

ところが、しばしばこの登山の常道をすっ飛ばしてヒマラヤの有名な山に登ろうとする輩が出てくるわけだ。

内面的な問題なので実際のところは本人にしかわからないが、国内の登山経験がさほどないのに、いきなりエベレストに登ろうとする人があらわれると、常道にしたがって山に登る本筋系には、どうしてもすっ飛ばしているようにしか見えない。

〈世界七大陸最高峰〉云々を喧伝する〝登山家〟は、だいたい本筋系からはエセ登山家だと見なされがちだが、それがなぜかというと、世界七大陸最高峰というのが、内在的に生じた自分の山であるようには見えにくいからである。

世界七大陸最高峰のほとんどは、技術的にはむずかしくないけれど、それでいて有名な、内容よりも見出しが立派な山だ。常道にしたがい、しかるべき筋道をたどって海外の山を自分の山としてとらえる正統派は、実質よりネームバリューが先行するこうした山に登ろうとは思わない。こういうものにすぐに飛びつくのは、内在がなく、目立てるとか、有名になれるとか、他人に自慢できるとか、そういった他者の目重視の〈関係〉的視点から登山をやろうとする偽物だ、とそんなふうに見えるのである。

なかでも栗城史多は、本筋系の目からはずば抜けて胡散臭い登山をやっている人物に見えたはずだ。

彼は世界七大陸最高峰登山をうたったばかりか、そこに単独かつ無酸素とさらに余計な惹句をつけていた。そもそも登山者の多い人気の山で単独も何もあったものではないし、エベレスト以外はどれも酸素なんか吸わないのが普通だ。そこにわざわざこんな誇大広告をくっつけている時点で、素人受けをねらっているのは見え見えである。

くわえて特徴的だったのは、カメラまで持ちこみ、自撮り撮影して、テレビやインターネットをつうじて登山を〝共有〟しようとしたことだ（ユーチューブでの動画配信が当たり前になったいまでは彼の手法はある意味先駆的だった。要するに彼は本質的に登山家ではなくユーチューバーだった）。本筋系登山者から見て、もっとも胡散臭かったのは、この共有なる概念だったのではないか。

登山とはあくまで自分の山を相手にした内在的行為なのに、それを他人とわかちあうことは矛盾する。しかも経験が足りないのにヒマラヤに登っていたため、どうしても登山より共有が目的にみえる。

　要するに、世界七大陸も単独も無酸素も共有も、すべてが他人の目を意識した〈関係〉的視点の産物であり、そこに中身などあるのか？　と思われていたわけだ。彼が登山界の本筋からほぼ無視されていたのは、ここに根本的な理由があったのではないだろうか。

『デス・ゾーン』という本になかなか手が出なかったのは、私自身、栗城氏をそんなふうに見ていたからである。

　ところが、ひとたび読み進めると、私はその内容にすっかり打ちのめされてしまった。これまで抱いていた栗城氏への印象がくつがえされたかというと、全然そうではない。むしろこの本によって私の見立ては完璧なまでに補強され、強化された。しかし強化されすぎたせいで、彼にたいするネガティブな印象が逆に全部吹き飛んでしまい、読後は、どうしてこんなことになってしまったのか、という、不思議なやるせなさしかのこらなかったのである。

　その日の晩は、一人の人生の暗転を思い、それに悶々とし、一睡もできなかった。

5　カメラを前提にした〝栗城劇場〟

この本に書かれているのは、栗城史多という人物の転落の軌跡である。そしてそれは読んでいて、おそろしく悲しくなるほどの転落である。

登場したばかりの頃の彼は、登山を自撮りするという斬新なスタイルが面白がられて、一気にブレイクした。カメラの前で泣き言をいって弱い姿をさらすキャラや、端正なマスクも成功の助けになった。彼は、人々が登山家として想像するような強くて、鉄の意志をもったマッチョな男ではなかった。むしろどこにでもいる無力な若者であり、誰もが共感できる平凡な人物が、弱音をはきながらみずからを鼓舞して夢を実現してゆく、そういう物語がうけた。

その意味で彼がやったのは登山というより、本の副題「栗城史多のエベレスト劇場」がしめすように、まさに山を舞台にした〝栗城劇場〟だったといえる。劇場の模様はゴールデンタイムのテレビで流れ、ブログを駆使して登山とは無縁の街場の若者の心をつかみ、スポンサーから資金も集まり、本も売れ、巨大なインターネット企業がバックについた。こうやって書いてみても、今では考えられないような大成功をおさめたのだった。

ところが、肝心の登山がいっこうにうまくいかなかったことから、劇場の歯車はくるいはじめる。世界七大陸最高峰といっても、すでに他の山は登り終え、あとは最後のエベレストをのこすのみだ。しかし、栗城氏はそのエベレストにいつまでたっても登れずにいた。

不自然だったのは、どう考えても実力不相応な難ルートばかり彼が選んでいたことである。彼は羽生のような超人ではない。一流登山家でさえ容易に手を出さない難ルートに、〝無力な若者〟が気軽にとりつき、案の定お話にならない段階で敗退する。そんな安っぽい独り舞台を毎回くりかえすうちに、さすがに彼を応援していたネット民の若者からも見放されていく。撮影機材が発達して、世界レベルにある本筋系の登山家や、見せることにかけてはより手練れのタレントが登山の様子をテレビで見せはじめたことも大きかったのだろう。自撮りはもう彼の専売特許ではなくなった。こうして彼は孤立してゆく。

読後に感じたのは、転落の要因はやはり、彼が登山にたいして不誠実だったことが根本にあったのではないか、ということだった。

たしかに彼がやっていたのは登山というより、とことん〈関係〉的視点にたった、カメラが前提の劇場であった。それでも彼は登山家を名乗っていた。いくら登山界の常識・慣習・文化を無視したとしても、登山家を名乗るぐらいなのだから、彼のなかには彼なりの登山観があって、それにしたがっているのではないか。私は漠然とそんなふうに考えていたのだが、本書を読むかぎり、どうもそういうものはなかったようである。

筆者の河野啓氏が栗城隊のシェルパの話として聞いた内容はショッキングだった。栗城氏は世界七大陸最高峰という冠《かんむり》にくわえて、単独と無酸素を前面に押し出し、それに成功すれば世界初であることを売りにしていた。単独のほうはそれ以前から中身がないことが露呈していたが、もう一方の無酸素もじつは完全にまやかしだったことが、シェルパの話で明らかにされる。

このくだりを読んだときは、とにかくやりきれなかった。登山家を名乗っていたのに、どうしてこんなにも登山にたいして不誠実なことができたのか。結局のところ、彼は登山というものを信じていなかったのである。登山を信じていなかったのに、エベレストに登ろうとしていたのである。それが読んでいて無性にやるせなかった。

その結果、何が起きたのか。彼はエベレスト西稜という、単独登山の対象にならないような困難で長大なルートにとりつき、凍傷で両手の九本の指を失う。本書にはそれが自作自演であった可能性が、かなりつよく示唆されている。それが事実なら、彼のドラマはすでに破綻しており、そうでもするしか面白さを演出することができなくなっていたのだろう。

成功しているあいだはいい。しかし、成功はいつまでもつづかない。かならずつまずくときがやってくる。

では、そのときいったい何が支えになるのか。

本来なら、彼の場合、それは登山だったはずだ。彼の登山がもし内在的であれば、世間の人気がなくなったところで、そんなものは山に登ることで持ちこたえられたはずである。でも彼は登山を信じていなかった。彼の登山は本物ではなく、偽物であり、虚飾だった。内在はなく関係しかなかった。内側に柱は立っていなかった。だから支えにならなかった。指を凍傷させるような歪んだ解決策をとることしかできなかった……。躓いたときに支えになるのは、関係ではなく内在なのである。

指をうしなったあと、彼はある有名な山岳ガイドをたよって国内登山にまじめに力を入れはじめたという。おそらくそのときが最後の転機のチャンスだったはずである。ガイドの助言にしたがい、カラコルムにある八千メートル峰・ブロードピークにも見事に登頂することができた。

それ以前の実績を見ても高所登山の実力が決してないわけではない。そこを評価したのか、その山岳ガイドは、最後のエベレストにむかう栗城氏にきわめて重要なアドバイスをしている。それは無茶な難ルートはやめて、一番登りやすいノーマルルートで行け、というものだ。

ノーマルルートなら十分にチャンスはある。無酸素だっていい勝負はできる。登頂できたら、それですべてを取り返すことができるし、今まで笑っていた奴らを全員黙らせることができる。だから登頂を最優先しろ。そういうアドバイスだ。

これは関係の視点を捨てて、内在で登れというアドバイスにほかならないと思う。彼がこれまで登れもしない難ルートを選んできたのは、他人からよく見られたい、面白いと思われたいという視点に侵されていたからだ。内在的にとらえなければならない登山という行為を、関係の視点でやろうとするから、おかしなことになる。もしそれまでの登山の履歴からエベレストが対象として浮上するなら、それは栗城氏の場合、ノーマルルートだ。それが内在的に見て彼の自然なルートだ。だから、それを登れ、と山岳ガイドは助言したのだ。

だが、結果的に彼はこの助言を受けいれず、ノーマルルートではなく、ありえない難ルートにむかった。『神々の山嶺』の羽生丈二が霧のむこうに消えた、あの南西壁という現実離れした壁である。『デス・ゾーン』によれば、栗城氏は遠征の前にこの小説を読み、羽生の行動に感化された形跡があったという。

　関係の視点でしか山を見ることができなかった栗城氏が、本当に、内在の権化のような羽生丈二になろうとしていたのなら、皮肉としかいいようがない。彼は羽生が消えた地点よりはるかに下の地点の壁の取りつき付近で敗退し、下山中の六千六百メートル付近で滑落死した。

　もし山岳ガイドの助言を受けいれ、ノーマルルートから登り、そして酸素を吸ってでも登頂していたなら、彼は案外まだヒマラヤで活躍していたかもしれない。地道に他の八千メートル峰に登っていたかもしれない。それなりの登山家になれていたかもしれない。それがつくづく惜しまれる。

第三章　冒険芸術論

1　正しいことをやろうとしてはいけない

数年前に『週刊読書人』という業界紙の企画で、ノンフィクション作家の川内有緒《かわうちありお》さんと対談する機会があった。彼女の『空をゆく巨人』（集英社）という本の出版を記念した対談である。

『空をゆく巨人』は現代美術界の巨人である蔡國強《さいこっきょう》氏の半生と、彼の制作をささえる福島県いわき市のチーム、とくにその中心である志賀忠重《しがただしげ》氏というパワフルな人物の活躍をえがいた、すがすがしい作品だ。

テーマはずばり芸術である。

芸術というと、私がやっている探検や冒険とはまったく無関係な感じがして、対談前ははたして話がかみあうのか心配だったのだが、いざはじめてみると共通点が多く、なかなか奥深い内容になった。

私はその頃、冒険の定義として〈時代や社会のシステムから外に飛びだすこと〉とよくいっており、対談では、その脱システムという点から見た冒険と芸術の共通性に話がおよんだ。

いわきチームの志賀氏は、破天荒な人物で、「一歩踏み出したらそれは冒険だ」というのが持論だ。言葉だけでなく彼は行動面でも冒険的なところがあり、日本人初の北極海横断で有名な冒険家の大場《おおば》満郎《みつろう》氏のマネージャーとして、北極のベースキャンプの陣頭指揮をとったこともある。

蔡氏という現代美術の巨匠と、大場氏という一九九〇年代を代表する極地冒険家の双方をサポートした志賀氏。芸術と冒険の結節点が志賀氏だとすれば、その持論である「一歩踏み出す」という言葉には、双方に共通する本質的な何かが表現されているともいえる。その何かを私は批評性だと考えた。

冒険というのは行動による批評表現である。これは当時も今もかわらぬ、私の持論のひとつだ。冒険とは脱システムであり、時代や社会をうごかす総体的な枠組みの外に飛びだす行動だ。志賀氏がいう「一歩踏み出す」という言葉も、そのことを指摘している。冒険者が外側に飛びだし、それが言葉や映像で表現された瞬間、内側の秩序は相対化される。外側にもうけられた新たな視点によって、内側が客体視され、それまで気づかなかった何かが可視化されるからだ。

たとえばクライマーがヒマラヤの岩壁に一本の美しいラインをきざみ、時代と常識をこえるような登攀に成功するとする。そしてそのラインが写真にえがかれるとする。そのときその登山を表現したラインは批評となる。

その登山は時代をぬりかえる登山だ。岩壁の写真にえがかれた一本のラインによって、そのことが見事に表現されている。ほかの登山家たちはその写真を見ることで、自分たちがとどまっている限界をつきつけられ、自分たちの登山がもはや古いものになってしまった事実を告げられる。つまりその登山により、その登山をしなかったすべての登山家が相対化されるのである。

このように脱システム的行動によって内側が客体視されると、普段の暮らしのなかでは意識していなかったシステムの限界線がくっきりと浮きぼりにされる。それまで当たり前だとされていたことが、もう当たり前ではなくなった、そのことが残酷にも告げられる。
内側にとどまっている者は、これまでのふるまいや思考の妥当性を見直さなくてはいけなくなり、気持ちがざわつく。しかし、こうした価値観の相対化がおきないと、古い価値観はいつしか絶対化されてゆき、独善におちいるだろう。だから時代の価値観はつねに批評にさらされ相対化される必要があるのだが、じつは冒険行動もささやかながらその役割をになっている。

これまで縷《る》々《る》述べてきたように、冒険というのは私的で内在的な行動であり、関係的視点からおこなわれてしまうとおかしなことになる。最初から批評する意図があると、その冒険の立ち位置はかなりあやしい。しかし脱システムという本質上、冒険にはどうしても時代や社会の常識を外側からゆさぶるという性格がある。

私的行動である冒険に、もし社会に還元できる何かがあるとしたら、それはこの批評性しかない、というのが私の考えである。

対談相手の川内さんが反応したのも、この冒険の批評的性格だった。そして芸術にもまた、システムを大きくゆさぶる批評的な役割があると話してくれた。

川内さんが話したのは、彼女が以前国連職員として駐在していたフランスで、アーティストの集団がパリの中心部にある空き家を不法占拠した事例だった。こうした社会への異議申し立て運動は欧州の各地でさかんで、この建物は何年か占拠されたあと、パリ市が約六億円で元の持ち主から買いあげ、正式にアーティストに使用権があたえられたのだという。もちろんこれを批判する人もいるが、全体として社会に風穴をあける行為は称賛され、行政の側にも市民の側にも応援する素地があるという。

この話から、以前に読んだ『「立入禁止」をゆく』（ブラッドリー・L・ギャレット著、東郷《とうごう》えりか訳、青土社）という本を思い出した。米国人の著者が欧米各地の廃墟や閉鎖された地下鉄、下水道などの立入禁止区域に不法潜入する都市探検をえがいた作品で、アーティストによる建物の不法占拠という川内さんの話と通ずるものがある。

両者に共通するのは、公共空間とは何かという問いだ。閉鎖された空間は危険だし、当局が禁止しているのだから入ってはいけない。これが世間が共有する常識であり、つまりシステム的なものである。

こうした常識が本当に妥当なのか？　われわれが何となく受けいれ、そしてそれゆえにわれわれの行動をしばるこのシステムは正当なのか？

アーティストや都市探検家は行動をおこすことで人々の社会通念をゆさぶる。都市空間が市民のものだとしたら、当局はいったい何の権利があってそれを閉鎖するのか、都市のなかに市民が自由に立ち入りできない場所があるのはどういうことなのか、そんなことがはたして許されるのか、こうした問いを投げかけるわけだ。そこに社会的意味がうまれる。

同調圧力がつよく、空気ばかり読んでいる日本でこんなことをやったら、やれ自己責任だ、やれ迷惑だと罵られ、糾弾され、社会的に抹殺されかねないが、欧米では、こうした批評活動は、旧来の常識を見直し、社会をダイナミックに変革させるものとして一定の理解をえているという。

「日本にはアートがアートらしくなければいけないという風潮もあると思うんです。こういうテーマの作品なら価値がうまれやすいとか、こうあるべきだという道徳、倫理がはたらいて、アートが自由ではなくなっている。蔡さんがくりかえし語ったのは、権力に反乱を起こすことは正当な権利だ、ということ。必要なときには、反乱を起こして自分たちをしばるものから自由にならなければならない。『アートは自由でないといけない。〝正しいこと〟をやろうとしてはいけない』と」

川内さんはそう語った。

芸術も冒険も社会通念に忖度《そんたく》して、勝手に自己規定して枠のなかにみずからを押しこめてしまえば、存在意義をうしなうだろう。あらゆる束縛や枠から飛びだして、飛びだした自分の姿を社会にさらし、「私は飛びだしたけど、その飛びだした私の姿を見て、飛びださなかったあなたは何を思う？」という挑発的な問いかけを発すること。そこに芸術や冒険の役割があるのはまちがいない。

2　美しい登山とはどのようなものか？

それからしばらく経って、一冊の本が私に冒険と芸術について再考させた。ポーランドの先鋭的登山家ヴォイテク・クルティカの評伝、その名もずばり『アート・オブ・フリーダム』（ベルナデット・マクドナルド著、恩田真砂美《おんだまさみ》訳、山と溪谷社）だ。

川内さんとの対談で話題になったのは、批評性という観点から見た冒険と芸術の共通性である。批評性は、システムの外側に飛びだして、その外側から時代や社会をながめるという視点がないと成立しない。社会の正当性を相対化するのが批評であり、どこまでいっても社会が対象になっている。

これに対してクルティカの評伝が提起する芸術論はもっと根源的なものだった。彼が問うのは、美しい登山とはいったいどのような登山なのか、という問題だ。つまり冒険それ自体がもつ芸術性である。

登山は芸術だ、とクルティカはいう。もっといえば、登山は芸術でなければならないと主張している。たしかに最先端をいく登山はそれだけで美しい。シンプルなアイスバイルを手に、ヒマラヤの白い岩壁に挑む姿は神々しくさえある。

でも、それはなぜ美しいのだろう？

単に風景絵画的な図柄の問題なのだろうか。偉大な何かに挑む姿が芸術的なのだろうか。そういうこともあるだろうが、しかしそれだけではないような気もする。図柄や登山家の姿勢が芸術性の根源でないとしたら、何が登山という行為に美しさをうみださせるのか……。

それからしばらくこの問題を思い出しては、しばしば思考した。一年か二年、断続的に考えたが、答えは出なかった。

私がこの問いにこだわったのは、自分自身の探検の問題と直結していたからである。じつは私のなかにも、自分の行動を芸術的なものにしたいという志向が、ないではなかった。当時は〈芸術的なもの〉というのがどのようなものなのか、自分でもよくわかっていなかったのだが、感覚として、そういう意識があったのはたしかだ。川内さんとの対談で「『極夜行』はアートっぽい感じがする」といわれたときは高尚な感じがして妙にうれしかった。アートをテーマにしている彼女からいわれたのだから、なおのことだ。

たしかに『極夜行』は自分としてもどこか芸術的な要素のある探検だったと思う。従来の極地探検のように、どこか地理的一点をめざすという、それこそ常識的な構図に落としこむのではなく、四カ月にもおよぶ闇の世界を彷徨し、そのあとに昇る太陽を見て、そこで人は何を思うのか、その一瞬を旅の目標にしたところが、川内さんにそう言わせたポイントだと思う。

でも、なぜこの旅の内容が芸術っぽいと人に思わせるのか。私が知りたかったのは芸術的な行動と非芸術的行動の境界だ。登山や冒険の芸術性に共通する、何か。行為のなかにひそむ芸術的構造。クルティカが登山で問うのもそこだし、『アート・オブ・フリーダム』の著者が大きなテーマにすえるのも、クルティカの登攀それ自体の背後にひそむこの深淵だ。

その深淵のなかに光が少しでも見えたら、人が危険をおかしてまで自然の奥深くをめざす理由が、人間そのものの謎が、少しは解けるかもしれない。

3　登山スタイルを変えたクルティカ

少々登山の専門的な話になるが、『アート・オブ・フリーダム』をもとに、クルティカの登山をふりかえり、登山と芸術の問題をさぐってみよう。

ヴォイテク・クルティカは、ヒマラヤの登山スタイルをかえた偉大な登山家だと形容される。登山スタイルをかえたというのは、次のようなことだ。

二十世紀前半に英国が手をつけて以来、ヒマラヤ登山では一貫して〈極地法〉とよばれる方式が採用されてきた。極地法というのは、乱暴にまとめてしまえば、軍隊さながらの物量作戦である。大勢の登山家で遠征隊を組織し、大量の物資を準備し、じわじわと時間をかけて山に登る。ベースキャンプからロープを張ってルート工作してキャンプ1を設営し、ほかの隊員が次々に荷上げする。キャンプ1の設営をおえたら、その先をルート工作してキャンプ2をつくり、また荷上げする。これを延々と繰りかえし、最後の選ばれし少数のアタック隊員が頂上をめざす、というやり方である。

はっきりいえば登山というより単なる重労働。当時のヒマラヤでこういうやり方が当然視されたのは、それ以外に登りようがなかったからでもあった。ヒマラヤ登山の黎明《れいめい》期《き》は完全に未知の世界で、希薄な酸素への対処や、酸素ボンベを筆頭とする装備の効率的な使用方法も確立されておらず、不確定要素が多すぎた。現代でもそうだが、人間、不確定要素が多すぎるとじわじわ進むしかない。だから物資にたより、時間をかけてどっしりとかまえて山に対峙するよりほかなかった。

だが、いくら登頂の可能性が高まるとしても、このやり方は端的にいって山の征服事業である。実際に初期のヒマラヤ登山は、近代国民国家による帝国主義的植民地政策の延長線上にあった。アフリカ、中央アジア、北極点、南極点に足跡をしるした欧米諸国にとって、行くべき未踏の場所は、もはやヒマラヤの高峰しかのこされておらず、国家の威信をかけて初登頂を競いあった。

先ほど極地法を〈軍隊さながらの物量作戦〉と紹介したが、初期の英国隊などは純粋な登山家というより、軍隊の将校を中心に構成されている。十九世紀から二十世紀初頭にかけて、英国の北極、南極遠征は海軍の手によってすすめられたが、同じことが登山でもおこなわれた。この軍隊式の極地法登山は一九七〇年代、八〇年代までひきつがれ、のこっていたのである（それは今ものこっており、ガイドが引率するツアー型の商業高所登山は、洗練されたとはいえ基本的に極地法である）。

クルティカはこのやり方を敢然と否定した。国家が組織力をつかって山を征服して、いったい何の意味があるだろう。登山とはひとりの人間と山との対話であるべきだ。一九七〇年代半ばに彼はローツェとK２の大遠征隊に参加し、極地法を経験したが、それですっかり嫌けがさしたようだ。そこに登山の自由はなかったからだ。

〈「延々と終わらないタクティクスについての話し合いや、遅々として進まない山での成果に、魅力は感じませんでした」

「それはただロジスティクスの遂行でした。隊員の日々の行動も——登頂チームも全員で投票して決められました。投票でね！」〉

やがて彼は、こうした力ずくで山頂を掠めとる大遠征隊方式を、怒りをこめて〈レイプ〉と罵倒するようにさえなる。

〈「K2のアブルッツィ稜の初登ですら、尾根を巨大なロープのピラミッドに変え、今や完全な人工的建造物にしてしまった。アブルッツィ稜そのものは、本当の意味でいまだ登られていないのです」（中略）「K2とマカルー西壁のロシア隊によるレイプについては、あえてふれませんがね！」〉

極地法のかわりに、彼はアルパインスタイルとよばれる登り方でヒマラヤの頂きをめざすようになった。アルパインスタイルとは、アルプス的な登り方ということであり、ヨーロッパ・アルプスでおこなわれていた登山方式だ。ではヨーロッパ・アルプスの登り方とは何かというと、要するに普通の登り方である。

ひとりの人間がある山に登ろうと思ったらどうするか。まず登りやすいルートを選ぶだろう。そして悪天候につかまらないようにスピーディーに登ろうとするだろう。スピーディーに登るには、技術を高め、体力をつけ、余計な装備をなくし、山頂まで無理のない直線的なラインで登るのが良い。要するに無駄なものをはぶいたシンプルなスタイルだ。

ヨーロッパ・アルプスで誕生した近代登山は元来、こうしたやり方で登られてきたし、ヨーロッパでなくても日本の冬山登攀だって通常はこのようにして登る。極地法で登るヤツなんて誰もいない。私が普通の登り方と書いたのはそういう意味だが、ヒマラヤの巨峰は環境が特殊すぎるため、どうしても極地法にたよっていたのである。クルティカはこれを元にもどそうとした。酸素ボンベをつかわず、固定ロープを張らず、装備をきりつめ、可能なかぎり自分の力で、山が提供するナチュラルなラインで。

元にもどそうとした、と今私は書いたが、実際のところ彼にはそういう意識がなく、本当にただ普通に登ろうとしただけだったらしい。

彼が最初にヒマラヤの高峰に登場したのは一九七二年、二十五歳のときに登ったアフガニスタン・ヒンズークシュのアケール・キオー北壁という山だった。そのときは自国の山と同じように登ろうと考え、高所順応以外はそれを実行したのだという。自国の山とちがったのは、その山の標高が七千メートル以上あり、岩壁の高さも千八百メートルもあったことだ。結果的にこれは七千メートル以上の山で成功した世界初のアルパインスタイルとなったが、それがアルパインスタイルとよばれるものだということを、彼はあとから知ったという。要するに、それ以外の登り方を知らなかったのである。

人間として山に登る。彼がやろうとしたのは、そういう単純なことだった。これは想像だが、当時の登山家は誰だって同じことをやりたかったはずだ。でもヒマラヤでそれをやるのはむずかしかった。だから皆、手を出さなかった。最初にそれに挑んだひとりがクルティカだった。そこに彼の偉大さがある。

それ以来、クルティカはチャンガバン南壁、ダウラギリ東壁、ガッシャブルムⅣ峰西壁等々、名だたる巨峰の岩壁登攀を次々とこのシンプルな登り方で成功させ、一九八〇年代の世界の登山界をリードする存在となる。

しかし彼はただの登山家ではなく、山を舞台にした芸術家でもあった。『アート・オブ・フリーダム』の著者マクドナルドによれば、彼は〈いくつかの登攀において、魂のレベルまで近づいた〉。そしてクルティカ本人の言葉をかりれば、〈「美は新たな世界への扉」〉なのだ。

4　これからの冒険をみちびく方向性

登山や冒険は芸術作品である。しかし、すべての登山・冒険が芸術的であるわけではない。かつての極地法登山にみられるような国家の威信をかけた大遠征主義は、控えめにみても山の征服事業であり、とてもではないが芸術作品とはいいがたい。となると、登山や冒険が芸術的であるには、ある条件をみたしていなければならないということになる。

その条件とはなんだろうか。

こういう言い方が適切か、われながら疑わしいが、冒険が芸術的であるとき、それは冒険として正しい、といえるのではないか。『アート・オブ・フリーダム』を読み、私はそんな思いにかられた。クルティカの登山は登山として正しい。なぜならそれは芸術的だからだ。遠征主義的な極地法登山は登山としてどこか誤っているが、その誤りは、芸術的ではないところにあらわれている。

本来なら、行為の良し悪しをなんらかの基準で二分することは避けなければならない。それでも全体の方向性として、私はそのような思いを抱かずにいられない。とすると、芸術性の条件こそ、登山者や冒険者がめざさなければならないことのひとつではないだろうか。

芸術的であろうとすることが、今後の冒険を正しい方向にみちびく道筋だ。同書にも引用されている日本人登山家、故谷口《たにぐち》けいの〈「クライマーにとって、そこに芸術がなければ、アルピニズムに美しさはなく、そこには命もありません」〉という言葉も、それを後押ししている。チャンガバン南壁、ダウラギリ東壁、トランゴ・タワー東壁……。同書のカラーページの写真に示されたクルティカの登攀ラインを見ると、その美しさと、そこから想像される行為の壮絶さに、思わずため息がもれる。なかでもとりわけ白眉であり、今も現代クライミングの頂点としてかたりつがれる一九八五年のガッシャブルムⅣ峰西壁〝シャイニング・ウォール〟の登攀こそ、彼のもっとも芸術的な登山作品だ。

八五年七月、彼はオーストリア人登山家のロベルト・シャウアーとこの壁に取りついた。天気予報が得られないなか、彼らは〝嗅覚〟を信じ、最低限の装備をザックにつめて西壁基部にむかう。ビバーク中は緊張感から沈黙が二人を支配する。〈地獄のような、見たこともない黒い氷で深くえぐられた〉クーロワールを登り、斜度五十度ほどの岩と氷の困難な壁を登りきる。彼らは三日かけてここまで到達するが、それはまだ前哨戦にすぎない。そこからが上部壁シャイニング・ウォールのはじまりだ。

シャイニング・ウォールにはいると壁の難度は四〜五級から、五〜六級へとあがった。六級というのは、安全な支点が打ちこまれた平地のゲレンデ岩場でも、かなり困難な身体動作を要求される難度である。アイゼンとバイルで六級を登れるクライマーは、今でもそう多くはない。その難易度の壁を、二人は七千メートル以上の高所で、もちろん酸素の助けもなく、じりじり登ってゆく。

壁にはピトン（ハーケン）をまともに打ちこめるようなクラックはなく、かりにピトンを打ちこめたとしても、それは気休めにすぎない。もしどちらかのアイゼンの前爪が壁から外れて滑落したら、それは即、二人の墜死を意味する。だから〈すべての動きは計算され、正確でなければならない〉。

墜落の恐怖を感じると人は緊張で筋肉がこわばり、いつもの動きができなくなる。技術と経験を極限まで高めて精神を鍛えあげた者のみ、墜落の恐怖に支配された状況下でも冷静に登ることができる。二人はそれをシャイニング・ウォールで実践した。想像を絶する境地である。

壁に取りついてから六日目に二人は七千八百メートル地点に達した。そして、そこで吹雪につかまった。すでに食料は尽き、燃料も使い果たしており水もつくれない。酸素もうすい。ピトンものこりわずかで、ロープで下降することもできない。頂上間近の壁のなかで、二人は行くことも退くこともできず、食べ物も飲む物もない状態で閉じこめられた。錯乱し、幻覚に苦しめられ、時間の感覚が伸び縮みし、死にいたる過程を見つめはじめる。

のろのろと〈雪の棺桶《かんおけ》〉から這いだしたのは、登攀開始から八日目のことだった。驚いたことに、何も食べず、何も飲まず、酸素も足りず、睡眠不足状態で体力を消尽していたにもかかわらず、身体はうごいた。〈鉛のような足と空っぽの腹で、雪崩《なだれ》に磨かれた氷の斜面を登った〉。その日の午後に彼らは壁をぬけて稜線に達する。

そこで彼らは、ある重大な選択をする。右にいけば頂上が待っている。左へむかえば下りだ。その状況下で、二人はちらりと頂上へとつづく簡単そうな登りを一瞥《いちべつ》しただけで、何も相談することなく、自然と下りへの道をえらんだのだ。生命力を使い果たしてしまった今、たとえわずかな登りであったとしても、頂上へむかえば生きて帰ることができないことを、二人はわかっていたのである。

下りも不安定な雪とけわしい斜面がつづき、幻覚をみながらの死と隣り合わせの行動がつづいた。ベースキャンプへ生還をはたしたのは、登攀開始から十二日目の午前九時のことだったという。

登山を終えてからしばらく、頂上に達することができなかったことがクルティカを苦しめたようだ。登山はやはり頂上に目的があり、登頂できなかった時点で、それは登山としては失敗とみなされる。しかし登攀としては成功であった。十一日間にわたる岩壁での旅のなかで、七千メートル以上の高度で七回ものビバークをくりかえし、不安定な雪をかぶった極限的にむずかしい壁を登り、食料も水もうしなわれたなかで生還をはたしたのだから、まちがいなく〝世紀の登攀〟との称賛にふさわしいものだった。

成功とか失敗という観点は、こうした前例のない登山を前にすると、議論の前提としてはあまりにも表面的すぎるとも感じる。この登山が偉大なのは、行為そのものが芸術的だからである。ひとりの人間が、人間として、山という自然とむきあい、全能力を駆使してその山に登り、そして生と死の秘密の一端に触れ、生きて帰ってきた。そこに人間の崇高さと尊厳がなければ、いったいどこにそれがあるというのだろう。こうした芸術性を前にすると、最後に頂上にむかわずに下山したという、登山的観点からみると失敗とみなされるその判断の部分ですら、芸術性の一部だと思えてくる。

実際にクルティィカは、後年になってこの下山の判断を、そこに登山の芸術性が表現されているという理由で受けいれるようになった。彼の言葉を借りれば〈最終的なゴールを逃すことで、人間は弱さを示し、それはその人間をより美しくする〉のであり、〈芸術においてのみ、欠けているものが作品に意味を与える〉からだ。

5　登山につうじるハイデガーの芸術論

登山の美しさとは何か、冒険の芸術性はどこにあるのか。こうしたことを考えてクルティィカの評伝を読むうち、私は一冊の本のことを思い起こしていた。ハイデガーの『芸術作品の根源』（関口浩訳、平凡社ライブラリー）である。

登山の芸術性とは何かを考えると、その問いは結局のところ、芸術とは何かという問いにつきあたる。アート、芸術、美学といった分野に無縁だった私は、その分野の本を読んだこともなかったし、知識も皆無だった。読んだことのあるのは唯一、ハイデガーのこの著作だけだった。私は前にハイデガーの現象学的な認識論と、まわりくどいことこのうえない独特の文体の奇妙な魅力にはまったことがあり、文庫で手に入る一般向けの著作を手当たり次第に読みあさっていた。その一冊が『芸術作品の根源』だった。

あらためて読み直してみると、ハイデガーの芸術論はほとんどそのままクルティカのガッシャブルムⅣ峰西壁の登攀にもあてはまるのではないか、と思える。

何があてはまるのかというと、つぎのようなことだ。

ハイデガーはこの本のなかで、ゴッホの絵画を題材に芸術とは何かを論じている。分析の対象となるのは、農夫のくたびれた靴を暗い色調で描いた『靴』という作品である。ハイデガーはまず、この作品をつぎのような文章で活写する。

〈靴という道具の履き広げられた内側の暗い開口部からは、労働の歩みの辛苦が屹立《きつりつ》している。靴という道具のがっしりとして堅牢な重さの内には、荒々しい風が吹き抜ける畑地のはるか遠くまで伸びるつねに真っ直ぐな畝々を横切って行く、ゆっくりとした歩みの粘り強さが積み重ねられている。革の上には土地の湿気と濃厚なものとが留まっている。靴底の下には暮れ行く夕べを通り抜けて行く野路の寂しさがただよっている。靴という道具の内にたゆたっているのは、大地の寡黙な呼びかけであり、熟した穀物を大地が静かに贈ることであり（後略）〉

この調子でハイデガーは『靴』という作品が語りかけてくるものを描写しつづける。くどくどと、ねちっこく言われることで、読者も何やらこの靴の内側から農夫の足の臭いがほんのりと漂ってくるような気持ちにさせられる。つまりここで哲学者が言いたいことは、ゴッホの絵のなかには、農夫の靴がまさに農夫の靴であるところの本質がものの見事に表現されている、ということである。

道具にかかわらず、この世の事物はすべて周辺環境との関わりをつうじて世界をつくりあげている。農夫の靴であれば、農夫が履き、土の大地を踏みしめ、畑をたがやし、そして革がくたびれてゆくというプロセスをつうじて、はじめて靴はその靴になってゆく。

一方、靴を履くほうの農夫も靴にその存在を拠っている。靴を履くことで大地を耕すことができ、農夫としてこの世界に存在することが可能となるわけだから、農夫は靴によって農夫たらしめられる、ともいえるわけだ。

ここに見られるのは信頼性という名の深い相互依存である。道具も生物も、すべての存在者は、まわりの環境とのあいだにこうした相互依存をきずくことで存在として結晶化する。存在するとは、ただ物体としてそこにあることをいうのではない。あらゆる事物は周辺環境との関係の網の目に織り込まれており、その網の目全体を取り出さないと、その事物を本当の意味で受け取ることはできない。

ゴッホの『靴』が芸術として優れているのは、その靴が農夫との関わりのなかで靴になってゆく歴史が、絵のなかに見事に表現されているからである。この作品の靴を見ると、農夫がどのような土地で、いかに畑仕事をして、いかなる生活をいとなんでいるのかさえわかってしまう。そういう情景が靴という存在にうめこまれている。

彼はこう書く。

〈芸術作品が、靴という道具が真実のところ何であるかを知るようにうながした。（中略）何がここで生起しているのか。作品において何が活動しているのか。ヴァン・ゴッホの絵画は、道具、すなわち一足の農夫靴が真理においてそれであるものの開示である。〉

ハイデガーによれば、芸術とは真理の開示である。ゴッホの『靴』を鑑賞すれば、鑑賞者は農夫との関係性までふくめた靴の本質を経験することになる。逆にいえば鑑賞者にそれを経験させないような作品は芸術とはいえない。〈芸術とは真理がそれ自体を―作品の―内へと―据えることである〉。だから芸術はただの模写ではない。〈作品においてはそのつど眼の前にある個々の存在するものの再現が問題なのではなく、それに対して、さまざまな物の一般的な本質の再現が問題なのである。〉

対象の本質的真理が作品のなかで再現されていることが、ハイデガーにとっての芸術ということになる。

そういわれると、この分析は絵画のみならず、音楽や文学などひろく芸術表現全般にもあてはまりそうだ。小説は物語をつうじて人間にまつわる普遍的な何かに到達していなければ、いい作品とはいえないだろうし、ノンフィクションだって個々の事実を描くことで事実を超えた真実に触れえていなければ、ただの報告文となる。

6　登山行為の中にあらわれる山の本質

登山や冒険においても同じことがいえる。クルティカの登山がなぜ芸術的なのか。それは彼の登山行為のなかに山の本質が体現されているからだ。

ガッシャブルムⅣ峰西壁の登攀にそれは顕著である。極端に困難な壁での苦闘、慎重な判断、軟雪の壁での苦しい支点の設置作業、飲食をたたれた状態での極限的連続ビバーク、幻覚をみながらも最後は理性で手にいれた生還の喜び……。こうした一連の行為の一瞬一瞬の苦しみと逡巡のなかに、山そのものがあらわれている。彼の行動のすべてに山が乗りうつっている。

何より壁をぬけて稜線に出たときに、二人がまったく自然にくだした下ろうという判断。そのなかに、ガッシャブルムⅣ峰西壁がそれであるところの本質がたちあらわれているのではないか。

山は彼らに頂上をあけわたさなかった。英雄的な努力のはてに前人未踏の壁を登りきったにもかかわらず、それを許さなかった。最終的に厳然と拒否したところにガッシャブルムⅣ峰西壁という山のすべてが凝縮している。登頂をはたせなかったことは登山的にみれば敗退だが、山の本質が表現されているかどうかという芸術的観点でみると、登れなかったがゆえにその登山はガッシャブルムⅣ峰西壁そのものだったともいえる。クルティカが後年に述べた〈芸術においてのみ、欠けているものが作品に意味を与える〉とは、そのように解釈できる。

かつての大遠征的な極地法登山が、なぜ芸術的とはいえないのかも、この分析から理解できる。大量の食料、大量の物資を準備し、大勢の隊員で荷上げをくりかえし、ロープを張りめぐらせる征服的な極地法では、各クライマーの行為のなかに山そのものが表現されているとはいいがたい。

遠征時代のヒマラヤ登山の記録を読むと、どうしても人間関係のいざこざのほうが目につく。クライマーたちは小隊に分割され、ルート工作や荷上げを担当する。もちろん彼らは山に労働をしにきたのではなく登山をしにきたのだが、栄えある頂上アタック隊にえらばれるのは、もっとも強く、もっとも調子のよい、わずか数名にすぎない。登山の途中から彼らはアタック隊にえらばれるのかどうか、ずっとそわそわし、微妙な駆け引きをくりかえす。なかにはトラブルをおこして下山する者まで出てくる。アタック隊員にえらばれた者も、その幸運を逃すまいと意気込むあまり、無理して頂上をめざし、遭難することも多々あった。

こうした人間ドラマは読み物としては非常に面白く、むしろそっちのほうが面白い、とさえいえるのだが、でもそこに描かれているのは、山ではなく下界たる俗世間そのものなのである。近代到達至上主義にもとづいた極地法登山は、行為に山がたちあらわれるというより、行為に山が押しつぶされる。山が本来もっていた美しさが剝がされる。だから芸術的とは感じられない。

7　狩猟で気づいた環境との同化

芸術的な冒険とは、行為のなかに対象そのものが表現されているような冒険である。登山であれば、ヴォイテク・クルティカのガッシャブルムⅣ峰西壁のように、その行為そのものに山が体現されている登山のことである。

ただ、音楽や文学や絵画の本筋系芸術分野とちがい、冒険や登山はあくまで行為である。音楽等の本筋系であれば楽譜や原稿用紙や画布のうえに表現して記録することができるが、冒険行為はそのつどそのつど終わりゆくものであり、後世にのこすことのできない儚《はかな》いものである。

また演劇や舞踊など舞台芸術とちがって観客もいない。最近は自撮り撮影する人もでてきたが、基本的に人間界から隔絶した特殊環境が舞台で、他者が鑑賞できない芸術だ。こうした独特な状況での行為において、対象が体現する、山がやどるとは、いったいどういうことをさすのだろう。

もっといえば、どうやれば行為に対象を体現させることができるのか。そのポイントは何か。芸術性こそ冒険や登山が歩むべき道筋だという直感があったせいか、私には芸術的冒険と非芸術的冒険の境界線を自分なりにつかみとりたい、との気持ちがあったのだった。

何が両者をわけるのだろう。

ポイントはおそらくスタイルであり、行動原理だ。登山でいえば、クルティカのアルパインスタイルは芸術的なものになるが、大遠征隊による極地法は非芸術的である。アルパインスタイルは山との調和をもたらすが、一方の極地法は山の征服をもたらす。山と調和すればその行為に山が体現されることになるが、征服は山を登頂という大義名分のもとに押しつぶしてしまう。

だとしても、では山と調和するとはどういう状態をいうのか。対象とどのような関係性にあるとき、調和にいたるのか。

そして、あるとき、嗚呼なるほど、調和とはこういう関係性のことをいうのか、と気づいたときがあった。それは北極で犬橇狩猟旅行をしていたときである。

狩猟で旅をするようになってから、私は、自分がそれまでとは全然ちがう視点で土地をながめていることに気づいた。土地の見方が変わらないと獲物はとれない。上手に獲物をとるためには視点の転換が必要であり、行動の仕方を、それまでの行動原理から変化させなければならない。

では、従来の登山や極地冒険の土地のとらえ方とは、どのようなものであったか。極地を例にとると、それはつぎのようなものだ。

現代の極地冒険の世界は、ある地理上の一点に到達することを目的にする場合がほとんどである。到達できたらその冒険は成功であり、到達できなかったら失敗だ。多くの冒険者は自分で橇をひきながら徒歩で旅行するため、ぎりぎりの装備や食料でゴールをめざすことになる。

こうした旅のやり方だと、事前に綿密に計画をたてて一日のノルマを確実にこなさないと目的地にたどりつくのはむずかしい。ゴールまで千キロあって手持ちの食料が六十日分なら、荷物の重い最初の一週間は一日十キロ歩き、二週間目から十五キロにペースをあげ、そのうち二十五キロに延ばし……といったように事前の数値目標にしたがったほうが効率的になる。何はともあれ事前の計画にしたがえば理屈のうえでは目的地に到達するわけだから、心理的に計画を順守しようとなりがちだ。

ところが、このような旅の仕方だと、ゴールに到達するまでの途中の土地はただ通過するだけの存在となり、ほとんど意味をうしなう、という事態をひきおこす。

たとえば、旅の途中で海豹がたくさんあらわれる場所に行きつくとする。そんな場所があるとは知らなかった。行ってみたら、そういう場所があった。そういうケースだ。

では、到達至上主義的に目的地に邁進する現代的極地冒険者が、こうした海豹地帯に行きついたらはたしてどうするだろう？

北極の海氷でねころぶ海豹は白熊を警戒しているので、そう簡単にしとめられる獲物ではない。怪しい存在が近づいたら、すぐにわきの穴にぬるりと姿を消し海に逃げる。もし海豹をとれたら一気に食料がふえて、極限的に高まる飢餓感をやわらげることができるだろう。でも失敗したらただの無駄におわる。時間も大きくロスするし、あちこち追いかけまわしたら体力も消耗する。そうすると目的地に到達できなくなるかもしれない。

両方の可能性を天秤にかけて、冒険者がどちらをえらぶかというと、ほぼ百パーセント海豹を無視するほうである。とにかく計画通りに進めば目的地に到達できるわけだから、海豹出現のような、計画段階では想定していなかった突発事案は無視したほうが効率的になるのである。

では、土地の観点からこれを見るとどういうことがいえるかといえば、それは、土地の特徴を切りすてるということにほかならない。

海豹が多い、というのはまぎれもなくその土地の本質ともいえる重大特徴だ。だが、計画的到達至上主義で行動してしまうと、こうした途中の土地の特徴は無意味であり、余分ですらある。何しろ意味があるのはゴールだけであり、途中の土地はただ通過するだけなのだ。むしろ特徴がなくて突発事案がすくないほうがスムーズに計画を実現できるわけだからありがたい。

このように目的地到達が至上の目標になった途端、すべての土地の特徴を無視して、均質的にとらえたほうが都合がよくなる。そもそも計画というのは、本来なら個別バラバラで特色豊かなこの世界の風景を、均質的にとらえなおし、計算可能な要素に還元して（極地探検なら〈～キロ〉という空間的な距離指標がそれにあたる）、それを積みあげることで、はじめてなりたつ思考である。好むと好まざるとにかかわらず、行動の構造としてそういう仕組みになっている。

ところが狩猟を前提に旅をした途端、こうした行動の構造はものの見事に崩れさる。なぜなら土地の特徴を切りすてると、狩猟そのものがなりたたないからだ。

当たり前だが、狩猟を前提に旅をしたら、どこかで獲物をとらないと話にならない。狩りに成功しないと食いものが尽きるわけだから、旅はその時点で終了し、帰還を余儀なくされる。どこかで獲物があらわれる偶然に、旅の成否が、もっというと生きてゆくことがかかっている。だから海豹があらわれたら、その瞬間に旅人は吸いよせられるように接近する。本人の意志にかかわらず、獲物の登場という現場の事象に否応なくのみこまれるのである。

　これがつづくと、どこかに獲物がいないかなぁ、という目で土地全体を見わたすようになり、獲物がいる場所、いない場所のちがいによって世界が大きく色分けされてゆく。到達至上主義では切りすてられてしまった土地の相貌が、狩猟者視点で世界をながめることにより見事に復活する。

　到達至上主義は行動者に世界を均質にみたほうが有利だとささやくが、狩猟者視点になるとこれが逆転し、世界にはどこも同じ場所などない、どこもかしこもバラバラで、ダイナミックで変化にとんだものだと教えてくれる。北極のように一見単調で代わり映えのしない風景がつづく場所でも、狩猟者の目でみると海豹がいる場所もあれば、麝香牛がいる谷があったりと、まったく別々の相貌がたちあがる。

8　〈組みこまれる〉という関係性

　それだけではない。狩猟者は、それぞれの土地の呼吸にみずからの行動をあわせる必要もある。獲物はそう簡単にとれるものではない。狩猟を前提に旅をしようと思えば、まずは、どこにどのような獲物がいるのか、土地の条件や相手の生態を把握しておかないといけない。

たとえば海豹をあてに旅をしようと思えば、どうなるか。

海豹はじつは出没場所がかなり読める獲物だ。普段は水中を泳ぎまわるが、哺乳動物なので、時折浮上して酸素を吸わないといけない。そのための呼吸口が毎年、海氷のだいたい同じ場所にできて、春になると、その呼吸口をひろげて大きな穴にして氷上にあがって昼寝をする。

一度の旅では、そういうことはわからないが、何度もかようううちに、どこに海豹が出現するか、ある程度読めるようになる。そしてそれがわかると海豹の習性にあわせて行動するようになる。あと五十キロ行った岬の沖に海豹出没ポイントがあるから、今日はそこまで行って狩りに挑戦し、成功したらそれでよし、失敗したら罠でもしかけて、近くにテントを張って一晩様子を見よう、となる。狩猟を前提に旅をしようと思えば、こんなふうに相手の動きにあわせないと仕留めることはむずかしい。

ここにあるのはいったい何なのか。それは、土地に組みこまれるという関係性だと私は思う。そして組みこまれることによって実現するのが、調和という状態だ。

もう一度ふりかえると、到達至上主義的な旅では、途中の土地は切りすてられる構造になっている。なぜそうなるかというと、行動が自己都合で組み立てられており、土地によりそったものになっていないからである。

地図をみてたてた机上の計画案にしたがい、それをどこまでも貫きとおし、直線的に移動することで目的地にたどりつこうとするのが到達至上主義だ。そこに見られるのは自己意志の貫徹である。乱氷があらわれても、岩河原に行く手をはばまれても、それを強引に乗り越える。土地の事情にしたがわずに、むしろそれをおさえつける。こうした行為によって体現されるのは北極の大地ではなく、おのれ自身の強さだ。どこまでいっても一方通行であり、土地との調和はみられず、逆に乖離《かいり》してゆくばかりである。

しかし狩りを前提にすると、こうしたやり方ではうまくいかない。獣は私の事情とは関係なくうごいている。私の意志や事情を優先するのではなく、現場の条件にしたがって行動しないと獲物をとるのはむずかしく、こちらから積極的に獲物の世界にはいりこまないといけない。計画を優先し、自分の側の意志をつらぬくのではなく、むしろ意志を押し殺し、その時々の突発的な出来事や状況に流されないといけない。土地の事情に組みこまれるほど、獲物がとれる可能性は高まり、狩猟の効率はよくなる。

狩猟においては計画はむしろタブーだ。人間は計画をたてると、そこから外れることを本能的に嫌うため、現場の出来事を切り捨てがちになるからだ。

9　犬橇における土地との調和

同じことが犬橇にもいえる。

二〇一八年まで私は自分で橇を引き旅をしていた。人力橇の場合はどんなに橇が重くても百五十キロ程度である。百五十キロの橇は重たいことは重たいが、全力で押せばひとりで動かすことができる。乱氷帯や河原の岩石帯も無理矢理突破できるので、事前に地図のうえに真っ直ぐ引いた計画ラインで歩くことが可能だ。

ところが犬橇となるとそうはいかない。十数頭の犬に橇をひかせて長旅をするとなると、大きな橇に大量の餌や荷物をのせるため五百キロにも六百キロにも達する。その重たい橇で乱氷や岩河原に突っこんだら橇がスタックしてびくともしなくなる。頼りの犬たちも一度橇が止まるとそこであきらめ、蹴飛ばそうが宥《なだ》めようが何をしても引こうとしなくなる。こうなるとお手上げだ。荷物を分散して往復しなければならず、全然進まない。

犬橇で効率よく移動するには、走行可能なルートがどこにあるのかを知っておくことが重要となる。固い雪がしっかりと張りついたルートが見つかれば、遠回りになっても結果的には時間もかからないし、犬も疲れない。乗っていて楽しい。これは狩りと同じで、真っ直ぐ直線的に行こうという意志を優先するより、土地の状態にあわせて柔軟にうごいたほうが旅はうまくいくということだ。

いったい効率性や自由とは何なんだろう？

狩猟や犬橇をやっていると、真の効率性とは、到達主義者が考えるように計画にしたがって短時間で無駄を省くことではないのではないか。そう思わずにいられない。

計画に固執して無理矢理直進しても、獲物とは出会えないし、橇がスタックして動けなくなり、つらいだけだ。逆に時間をかけて土地の相貌を知り、そのリズムにしたがったほうが、じつは色々とうまくいく。結果的にはそれがじつはもっとも効率がいいことなのではないか。

自由についてもそうだ。土地の条件にしばられるのは一見不自由にも思えるが、じつは真の自由とは単に自分の意志を貫徹することではなく、土地の条件やその時々の状況にあわせることによって環境の潜在力をうまく引き出すことなのだと気づく。獲物がとれたほうが長く旅をつづけられるし、行動範囲もひろがる。それは長い修練の必要なことだが、自由は努力ぬきにありえないし、自然はその努力にむくいてくれる（こともある）。計画や意志という自我を捨て去り、土地の条件にあわせて同化したほうが窮屈な行動から解放され、より大きな自由につながっている。

　これが犬橇狩猟における土地との関係性である。うまく旅行するには計画通りに遂行するのではなく、土地の相貌に積極的に組みこまれることが肝要である。それはつまり自分と土地とをへだてる境界線をできるだけ消失させ、融合することだ。それができたら、その行動は土地と調和した行動ということになるだろう。

　土地と調和できたら、その土地の条件にしたがって動くことになるから、行動に土地そのものが体現する。海豹の習性にあわせて狩りをしたら、その狩りには土地の本質が反映され、適切なルートで犬橇を走らせればその移動にも土地の姿があらわれる。つまり対象に組みこまれて行為すれば、その行為には対象そのものが憑依し、映し出されるのだ。行為をつうじて対象そのものがうかびあがれば、その行為は芸術的になる。ゴッホの描いた農夫の靴のように。

　組みこまれることによって、人ははじめて対象の内部の奥深くに入りこむことができるようになる。到達を最優先し、目的地に邁進するような旅の仕方だと、北極という大地の表面を歩くだけで終わり、大地の内部で流動する何か、表面を作り出すその奥の何かに触れることはできない。しかし狩りや釣りをしながら旅をすると、大地の内部をながれる獲物の動きに身をそわせなければならず、大地そのものと結びつくことになる。

ヴォイテク・クルティカの登山も同じだったのだろう。彼の登山が芸術的なのは、やはりアルパインスタイルという登り方が、それまでの極地法よりも山に〈組みこまれる〉という関係性がつよく、そのぶん山が登山行為に体現されているからである。

帝国主義的な領土拡張主義の延長線上にある極地法は、山頂をおとすことに絶対的目標があり、むかしはそれこそ国家の威信がかかっていた。大量人員、大量物資を投入するやり方は自我貫徹的な目的地思考の方法論だった。そこにある山との関係性は、クルティカが〈レイプ〉と侮蔑したように、組みこまれるというものではなく、こちら側の意志と計画に山を無理矢理あてはめる関係性である。

クルティカのアルパインスタイルはその支配的な関係性から山を解放する手段だった。アルパインクライマーがみいだす山頂までのラインは、もっとも自然で無理のないルートとして、山が登山者に開示する、その山のあるがままの姿である。登山家は、すべての無駄なものをはぶいた極限的にシンプルな装備で、山そのものの具現たるそのラインに飛びこむ。吹雪になると苦しみ、晴れたあとの一筋の光に希望の光明をみいだす。判断を誤れば命のあやうい環境のなかで、登山家は、純粋に山そのものとむきあうことでその懐にいだかれる。

自己の肉体と山をわけへだてる境界が消失し、山と調和する。このように登ったとき、はじめて登山行為のなかに山そのものが現出するであろう。

第二部　三島由紀夫の行為論

第四章　届かないものについて

今年の二月で四十六歳になった（註・連載執筆当時）。学生時代以来、かれこれ三十年近く探検活動をつづけてきたことになる。

これだけ長いあいだ、山だの極地だのに出つづけていると、幾度かあぶない目にもあった。死を覚悟したこともあったし、むしろ、あのとき自分は死んでいるはずだった、という場面もあった。死ななかったのは単に悪運がつよかったからにすぎない。生と死のはざまの断絶に落ちかけたとき、幸運にも運命の女神はいつも私に味方してくれた。

でも一方で、それと相反する思いもある。矛盾するようだが、結局のところ、オレは死ななかったなぁ、という思いである。

もちろん、これからの活動で私は死ぬかもしれない。

ここでいう死とは、病死や交通事故による死ではなく、冒険者特有の死、つまりフィールドにおける遭難死のことである。いまも私は現役で登山や極地旅行をつづけており、しばらくやめるつもりもないので、これからも行動中に死ぬ可能性は十分にある。だが、しつこいようだが私はもう四十六歳だ。もし来年四十七歳になって北極犬橇旅行中に死ぬとしても、その死と、三十代における遭難死とでは、やはり意味がちがうような気がする。

一般論として、三十代における遭難死は四十代後半におけるそれより、どこか深い意味があるように思えるのだ。

年齢によって遭難死にちがいはあるのか。私はあると思う。

では、意味ある遭難死と、無意味な遭難死をわける境界は何歳にあるのだろう。

それは四十三歳である。

もちろん、こんなものに客観的な基準などあるわけもない。それをわかったうえで強弁すれば、四十三歳がその境界なのである。では、なぜ四十三歳か、というと、それは登山家や冒険家のなかには四十三歳で遭難死する者がやけに多いからである。

1　人生の膨張と減退

年齢論が好きな私は、四十三歳が冒険家の落とし穴的年齢であることを過去に論じたことがある。

植村直己《うえむらなおみ》、河野兵市《こうのひょういち》、星野道夫《ほしのみちお》、長谷川恒男《はせがわつねお》、谷口けいといった登山界、冒険界で著名な人たちが、そろって四十三歳で命をおとしている。冒険系表現者に四十三歳で死ぬ者が多いのは――数え年の四十三歳は男の後厄《あとやく》とされる――、それなりに理由があって、四十三歳が人生のある種の頂点を形成しているからだ、というのが私の持論だ。

人間を一個の生命体としてトータルに見た場合、四十三歳までは登り坂の局面がつづく。たしかに純粋に肉体的な強さだけでいえば二十代のほうが強いだろう。だが人間の活動力というのは肉体的な力だけに還元できるものではない。精神の充実や感受性、理解力、知覚能力、経験世界の拡大、そうした諸々をくわえた人間としての総合力の観点から考えると、四十三歳が絶頂なのである。要するに一番デカいことができるのが四十三歳だ。人間は四十三歳までが生の膨張期である。

だが絶頂だけに、それを過ぎると今度は下りにさしかかる。もちろん下りにさしかかる前から、本人には、そろそろそれがくることはわかっている。登山でも登頂目前に、もう少しだから頑張ろう、などと自分を鼓舞するが、なぜそんなことをするかというと、頂上に行けばこのつらい登りが終わりだとわかっているからだ。それと同じように、人生という登山でも、登りの局面がもうすぐ終わることは、頂上に着く手前で皆わかっている。もっと具体的にいえば、四十一歳とか四十二歳ぐらいから、もう少ししたら人間としての総合力は下りになるなぁ、と予感される。

人生という山登りでは、通常の山登りとちがい、下りは衰えを意味する。四十三歳以降も経験値は上昇し理解力はあがるだろうが、筋力や体力は落ちざるをえない。肉体的な衰えは終局としての死への接近と同義なので、その自覚とともに不安が生まれ、のこされた時間を意識して焦りが生じる。

それだけに、いまのうちにできることをやっておかないと、いつまでこんなことをつづけられるかわからない、という焦燥感が生まれ、それが無理な行動につながり、遭難となるのである。これが〈四十三歳の落とし穴〉だ。四十三歳前後で命をおとす登山家、冒険家が少なくないのはこのためである。

そう考えると、人の一生というものは概して四十三歳を境目に膨張期と減退期にはっきりわけられる。だから、もし先ほど書いたように、遭難死に意味のあるものと無意味なものの二種類があり、その境目が四十三歳であるなら、意味のある遭難死とは人生の膨張期における死であり、無意味なそれは減退期における死だ、ということができる。

意味があるということをより手触りのある言葉で言いかえると、人に訴えかける力がある、ということになるだろう。人生の登り坂のときに遭難して死ねば、その死は他者への訴求力がある。誰もが、そうした死に方をしなくてはならなかった冒険家の切迫感に胸を衝《つ》かれるということだ。だが、下り坂にはいって遭難しても、その死は若者の死ほどの訴求力はなく、どこか無残なものとならざるをえない。

では、なぜ人生の膨張期に遭難したら、その死は人に訴えかける力をもつのだろう。それは冒険活動においては、生きようと努力することが死に近づくこととまったくひとしいからである。とりわけ人生の膨張期においては、それが顕著だからである。

ある若い登山家が目標にしてきた山に登頂をはたしたとする。当然のことながら、その登山家の前にはつぎなる山が課題として浮上し、その山に登ろうと努力する。このとき、それがどのような山かというと、通常は、すでに登頂した山より大きくて困難な山である。なぜなら、その登山家はまだ若く、人生の膨張期にあるからである。

より大きくなりつつある自らの内側と呼応するように、登山家は外側の山にも大きなものを求める。人生の膨張期における行動とはそういうものだ。この大きくて困難な山に登ろうと努力することこそが、生きようとする営為そのものである。しかし、このつぎなる目標の山は前よりも大きくて困難なわけだから、危険であり、そこに登ろうとすることは端的に、前よりも死に近づくことを意味する。

より真剣に生きるため、つぎなる大きな山をめざす。そのことが死に近づくという矛盾を引きよせる。この生と死の弁証法こそ人生の膨張期における冒険の特徴といえる。だからこそ、この時期の遭難には、どこか人に訴えかける切実さがある。つまり死ぬことによって、彼が必死に生きようとしたことが誰の目にもあきらかになる。もっと生きたいという狂おしいほどの思いが、死という悲劇によって現実化し、完成するのだ。

ところが、四十三歳をすぎて人生が減退期にはいると、この生と死の弁証法は構造的にあてはまりにくい。膨張期とことなり、登山や冒険の目的が、必死に生きようと努力することから、ややズレたものになるからだ。

なぜそうなるのか、はっきりとしたことは私にもよくわからないのだが、たぶん、人間としての総合的な力が落ちることにくわえ、経験を蓄積することで自分の固有度が高まるからではないだろうか。自分は何者なのか、生きている意味は何なのか、このような問いにある程度答えが出たら、行動は自己実現をのぞむことより経験を深めるほうに舵をきるだろう。より大きく、困難な山に登りたいという衝動は膨張する内側があってはじめて支えられる行動だ。内側が縮小しているのに外側により大きな山をもとめても、その行動にはどうしても不自然さがのこる。

減退期にはいると生きることへの切実な希求はうすれ、技術面の追求や経験の深度をもとめるようになる。もちろん、それが山であり冒険である以上、つねに死ぬ危険性はのこされており、事実、減退期にはいっても少なくない登山家や冒険家が落命するわけだが、その死は、膨張期における死とくらべて生への切実度において劣る。中高年の遭難死が若者の遭難死のように悲劇的ではないのは、そのためである。

冒頭に書いた現段階での私の所感、つまり結局のところオレは死ななかった、という思いは、生きることに不徹底だったのではないか、との自省から発している。四十六歳になり減退期にはいった以上、この生の希求度への不満は永久に満たされないものとなってしまった。今後、もし遭難死したとしても、その死はどこか人への訴求力の欠けた、無残で、みじめで、虚しいものにしかならないだろう。

だとしたら、人生において真に納得のいくものを手にいれることは不可能なのではあるまいか？　私にはそういう疑問がわく。これは人間存在にかかわる大きな謎だ。

2　死の余白

冒険における生と死の弁証法的観点から考えると、生存している以上、納得のいくものを手にいれることは論理的にありえない。なぜなら、生きているかぎり、その生の先端の究極部分にはかならず死の余白がのこるからだ。

人間はエネルギーを糧《かて》に生命活動をつづける生き物である。だから生きている以上、死ぬまでやりきる、という境地に達することは絶対にありえない。死ぬまでやりきる、燃えつきる、というのは、肉体を稼働させる全エネルギーを消尽し、そして死ぬ、ということであり、生きているという事実は、そこまで自分を追い込むことができなかったことの証となる。

生きていることは、医学的にみて死んでいないということである。生命エネルギーの全消尽ポイントであり、やりきったという意味での生の最高到達点である死。この死と、生きているという現状とのあいだには距離がある。生きている以上、死には届かない。これが死の余白である。

死ぬまでやりきる、燃えつきるという言いまわしは、この死の余白を埋めようとする努力のことをいうが、通常、この表現は比喩である。本当に燃えつきることをめざす人は少ないだろう。だが冒険においては、これは比喩ではなく現実的な目標となる。

登山家や冒険家がめざすのは、この死の余白を可能なかぎり埋めることだ。全能力、全体力を駆使して、死の瀬戸際まで近づき、そして生還すること、それを心に期しているのである。でなければ、前よりも困難で危険な山を目標とするわけがない。困難な山に挑むというのは、端的にいえば、前回の登山ではのこされた死の余白をもっときざみ、より死に接近しようとこころみることである。冒険や登山は純粋に生きることの希求なのだから、燃えつきるほどの生を経験するために死に接近することは、彼らの倫理的義務でさえある。

しかし、どんなに死のぎりぎりの瀬戸際から生還しても、生きて帰ってきた以上は死の余白は絶対にのこる。なぜなら死んでいないから。燃えつきていないから……。のこされた余白がどれほどわずかなものでも、余白がのこってしまった以上、のちのちになって、それは〈あのとき本当にやりきったのか？　もっとできたのではないか？〉という反省となって自らを追い立てるだろう。

このジレンマを埋めることはできない。人によっては、この不完全燃焼感を解消するために、前よりも余白を切りつめ、未踏の領域に挑み、より死に近づき、生還しようとするだろうが、そんなことをくりかえしていれば、早晩、死ぬことは目に見えている。だが死んでしまっては元も子もない。冒険家は死に魅せられているわけではなく、生に魅せられているからだ。

彼らがめざしているのは、あくまで生の最高の燃焼ポイントである。生というものは燃焼させるほど死に近づくという構造になっているため、結果として彼らは死に近づくことになる。目的が生の完全燃焼なので冒険では生還が絶対条件となるが、生還した時点で死の余白は絶対的にのこり、もっと燃焼させることができたはずだ、という不完全燃焼感が心のなかでくすぶりつづける。

生の完全燃焼ポイントとしての死、そこには生きているかぎり届かない。三十年近く山や極地をさまよい、そしてわかったことは、人間の生にはかならず届かない部分がのこるということだ。

3　風化した納得感

私が死の余白に気づいたのは、まさに人生の膨張期の真っ只中においてだった。二十代後半と三十代前半におこなった、二度にわたるチベット峡谷地帯での単独探検がきっかけである。

　この一連の探検のなかで、私は二度ばかり、死の淵をのぞきみる体験をした。

　一度目は二十代後半の第一次単独探検のことだ。夜間に峡谷の急峻な側壁を移動中、腐った木の根に足をのせた私は、不意にバランスを崩した。その瞬間、三十キロのザックが重りとなり、ゴロゴロと回転しながら二十メートルほど滑落し、自分でも「終わった……」と観念した。だがその刹那、巨大な樹木の根本に背中からばーんとぶつかりウソみたいに転落がとまった。

　わけがわからずポカンとした。

　客観的に考えると、これは完璧に終わったパターン、九九パーセント死んでいるケースである。本来であれば私の人生はここで終わっているはずだったが、何の因果か助かる結果となった。

　二度目は、三十代前半の第二次探検での体験だ。第一章でも触れたように、一カ月近く峡谷の核心部をさまよった私は、最終的に食料が枯渇し、野垂れ死にすることを覚悟する状況となった。肉体は衰弱し、カロリー不足で足はふらつき、最後に峡谷の対岸にある村をめざして地図に記された橋をわたろうとしたが、どんなに探しても橋は見つからない。このままでは野垂れ死にする……と覚悟をきめた私は、七十メートルほどある峡谷の川を泳いで渡ろうと決断した。……が、最後の最後で天からのびる蜘蛛《くも》の糸（ワイヤーブリッジ）を見つけ、なんとか小さな村にたどりつくことができた。

死の淵から逃れ、生が確実になったときに心に浮かんだのは、〈すごい冒険だった。自分はまぎれもなく本物の冒険をしたのだ〉という思いだった。

この率直な感想は、いまになって思うと、生の燃焼度にたいする肯定感だったと思う。探検の直後はやりきったという思いにひたり満足した。おのれの行為に納得できていた。ところが、それも束の間にすぎなかった。時間がたつうちに探検直後の納得感は風化してゆき、もうちょっとできたのではないか、もっとぎりぎりのところまで行けたのではないか、という不完全燃焼感がふくらみはじめたのである。

では具体的に、いったい何をどうすればもうちょっとできたのだろう？

その答えはじつはいまもよくわからない。

たとえば峡谷の核心部は両側が千メートル級の岩壁になっており、谷底には三十メートル近い巨大な滝がかかっている。かつて、トップクライマーをそろえた米国の遠征隊も岸沿いに突破できなかった難所で、ここをどうやって越えるかは探検前から課題だった。

そして私がこの悪場にさしかかったとき、運悪く雨が降りはじめた。雨は驟雨《しゅうう》となり岩壁を黒く濡らした。単独で装備もかぎられた条件では、到底越えられるような状況ではない。だから私はこの難所を川沿いに越えることを断念し、岩壁のうえの尾根から大きく迂回して越えようとした。結局、悪天がつづいて食料が枯渇したことから核心部の迂回はあきらめ、最後は峡谷からの脱出、生還に目標をきりかえ、村をめざしたわけだ。

何をどうしていれば……と考えたときに、唯一思い浮かぶのは、この決断である。もしあのとき、驟雨をものともせず、果敢にも岩壁にとりつき、目標であった峡谷完全突破に固執していたらどうだったろうか？

十中八九、死んでいたと思う。現実的に考えて、あそこで岩壁に突っこむという選択肢はなかった。

だが、もし突っこんでいたらどうだったのだろう？

この疑問はやはり消えない。二割の確率でも生きのびていたら、そのほうが生の完全燃焼には近いところに到達できたわけだ。なぜそれができなかったのだろう？　可能性があるなら踏みだすべきではなかったか？　生の燃焼度から考えると、生還できたか死んでいたかという結果論はじつはたいした問題ではなく、その場面で突っこむという決断ができること、その決断そのものが生の燃焼なのではないか……。

実際には客観的に正しい判断をし、岩壁に突っ込まずに退いたわけだが、その正しかったはずの判断がのちのちまで尾を引き、不完全燃焼感につながった。それはまちがいない。正しい判断をすることで私は生きのびた。だが生きのびたがゆえに、つまり生命体としての全エネルギーを消尽させることがなかったがゆえに、本当にやりきったのか？　という死の余白をかかえることになった。それが今も悔しいのである。

ぎりぎりの登山や探検から生還すると、生きのびたという事実により、生のなかに死がとりこまれる。冒険行動の目的は生の希求であるだけに、これは負い目となり、その後の人生にのしかかる。やりきっていなかったのでは……という負い目だ。

それ以後の私は、この負い目を拭い去り、死の余白をもっと切りつめるための行動を模索した。チベットの峡谷探検のあと、冬の北極、つまり太陽が昇らない極夜の闇を探検の目標としたのも、ひとつにはそれが大きな理由としてあった。沈黙の暗黒世界は人間には死の領域であり、闇夜を旅した末に生の象徴である光を見ることで、この問題にケリをつけられるのではないかと考えたのだ。

その後も私は北極に通いつづけていまにいたる。極夜を旅したときも、その後の徒歩狩猟漂泊行で肉体が限界近くまで追いこまれたときも、終わった直後はできることはやりきったという満足感にみたされた。これ以上はできない、やっていたら死んでいたかもしれないと思えた。ところが、しばらくするとそれは消失し、やりきっていなかったのではないか、という虚しさがぐすぶりだす。

なぜか？　生きているせいだ。

登山や探検の歴史をふりかえると、壮絶な最後をむかえた遭難者の例は枚挙にいとまがない。冬の槍ヶ岳《やりがたけ》で凍死した松濤明《まつなみあきら》やグランドジョラス（フランスとイタリアの国境に位置する山）北壁で墜死した森田勝、エベレスト登頂後に帰ってこなかった加藤保男《かとうやすお》、あるいは南極点到達後に全滅した英国のスコット探検隊等々……。彼らの人生や悲壮な記録には心胆を寒からしめる不気味さがある。彼らは何を求めてそこまで行き、奈落の淵で何を見たのか。

彼らの死の実相は、つまり生の最終局面で何を見て、何を思ったのかは、本人ではない以上わからない。意外と安らかに死んでいるかもしれない。

でも死んだ以上、彼らはやりきったはずだという物語を、生きている私たちは勝手につくりあげる。そしてその死を凄まじい死（＝凄まじい生）に祀りあげ、われわれは死者に畏怖するのだ。

死者の物語に触れ、その目でおのれの行為を見つめかえし、死者を尺度におのれの行為を計測する。こうして彼らのように死んでいない事実が、やりきっていないのではないかという疑問に変質し、おおいかぶさる。自分は彼らほど限界にいどんだのだろうか、と。

畏怖の対象となるのは死者の特権だ。生きているかぎりわれわれは死ねないのだから、どうあがいても死者の世界には絶対に届かない。生を希求し、そして若くして死んだ彼らは、それだけで崇高な存在として祀られる権利がある。

ひとついえるのは、死の余白を埋めるには、生きようとして死ぬしかないということだ。可能なかぎり生を燃焼させ、生きつくそうとした挙句の死。生きたかったのだが、意図せずして死んでしまったというかたちの死だ。だから、それは遭難死というかたちでしか存在しない。

だが、それを自らの手でやってしまった人物をわれわれはひとりだけ知っている。三《み》島《しま》由《ゆ》紀《き》夫《お》である。本来、絶対に届かないところにあるはずだった究極の生の燃焼ポイントとしての死。三島は自決というかたちで無理矢理そこに到達したのではなかったか。

4　人間という事象の極端な事例

私は決して三島由紀夫のいい読者ではない。なぜなら、三島の文学を読む前に、すでに彼の死を知ってしまっているからである。彼の死に様は普通ではないので、どうしても文学作品のうえにその最期が覆いかぶさり、純然たる創作物として読むのがむずかしいのだ。あのような最期をむかえた人物が書いた作品として、彼の本を読んでしまうわけである。

だが、そのような目で三島の小説を読むのはまちがっているのだろうか。むしろ三島の本にかぎってはそれが普通なのではないか。そんな気もする。

現実問題として彼は壮絶な割腹《かっぷく》自殺をとげたわけだから、彼の作品もそこから逃れることはできないだろう。彼の文学が彼の死をとおして読まれるのは、その意味で宿命ともいえる。私でなくとも、多くの読者にとって、三島文学は三島自身の死に支配されたものになっているのではないか。そして、そうなるだろうことは本人にもよくわかっていたのではないか。あるいは、それが三島本人の企図だったのではないか。そんなふうに考えることがある。

若い頃の私には、三島由紀夫の文学を遠ざけているところがあった。異様な死に方をした、近づきがたい人物として、たぶん深層心理で避けていた。代表作のいくつかには目をとおしたが、それは彼に対する関心からではなく、ミシマぐらい読んでおかないと恥ずかしいから、という理由で読んだだけだった。当時は文体や内容に魅力を感じることもなく、ハマることもなかった。

ところが四十歳前後から、三島由紀夫という人物が避けられないものとして自分の前にたちふさがってきたのである。

理由ははっきりしている。三島が死んだ歳に自分が近づいてきたからだ。

三島が自衛隊市ヶ谷《いちがや》駐屯地で自衛隊員に決起を呼びかけ割腹自殺をとげたのは、四十五歳のときである。もともと理解不能な死に方をした人物として、私は彼のことを不気味に感じ、漠然と遠ざけていたわけだが、裏をかえせば、それは強い関心があったということでもある。近づきすぎて、その強い放射線に曝露《ばくろ》して火傷《やけど》をおうことを怖れていた。それだけに三島の死の年齢に近づくにつれ、逆に彼はなぜあのような死に方をしたのか、その謎が大きく膨らんできた。年齢をかさねるうちに、遠ざけていた三島が勝手に近づいてきたのである。それは私に何か迫るものがあった。

それ以降、私は断続的に三島の小説や評論を読むようになった。もとより、作品そのものへの関心より、彼の死に方（つまりは生き方）への関心が前提の読書だから、小説に接するときもそのヒントを探すような読み方となり、その意味で純粋な読書とは言いがたい。私は彼のいい読者ではないというのは、そういう意味である。

人間に対する関心が先走っていたため、彼の小説だけでなく、ほかの作家や評論家が書いた評伝や論考にも目をとおした。三島に関連した本は星の数ほどあり、全部を手にとるのは無理である。したがって定番の本や、資料的価値の高い作品などしか読んでいないが、どれもこれもが面白いものばかりだった。その事実ひとつとっても、三島由紀夫という人物がきわだって魅力的だったことを証明している。

三島は人間という事象の極端な事例である。極端さを突きつめると普遍につきあたることがあるが、三島はそういう人物なので、彼の死を考えることは、生きるとは何なのかを考えるに等しい。三島関連作品群は四十過ぎの私の人生のよき伴走者であり、私の読書生活のなかで今も明瞭なジャンルをかたちづくっている。

彼の本を読み進めるうちに、私のなかである仮説が浮上してきた。それは、三島の自決は、冒険家にとっての死の余白を埋める試みに等しいのではないか、というものだ。

人は生きているかぎり死の余白を埋めることはできず、生の究極の先端に到達することはできない。構造的に人の実存には絶対に届かない部分がある。死の余白を埋めることができるとすれば、それは徹底的に生き尽くしたうえでの不可抗力的な死、つまり遭難死だけである。だから自殺は基本的には死の余白を埋める方法にはなりえない。自殺には生をあきらめるという断念の性格があり、徹底的に生を追求したうえでの死である遭難死とは、質的に対極にあるからである。

しかし三島の自決にかぎっていえば、そのかぎりではないのではないか。つまり彼の自決は、生を完全燃焼させるには死しかないと明確に意図したうえでの行為だったのではないか。

死の余白を認識したうえで、それを埋めるための死。生ききるためには死ぬしかないという変型的な遭難死。もっといえば、人間存在が発生する地点である、いわば存在のゼロポイントとでもいうべき地点をめざしての積極的な生の消尽。三島の死にはそういう特殊な性格があるように思える。

5　開高健の問題解決の仕方

三島の死を考えるとき、私の頭には対照的に、戦後を代表するもう一人の行動派の作家である開高健のことが思いうかぶ。

開高健については、これまでいろいろなところで書いてきた。彼もまた死の余白をもてあました作家であり、究極の先端に届かないことに煩悶《はんもん》し、晩年はどこか魂が浮遊しているところがあったというのが私の理解である。

開高の原風景は敗戦後の荒地にある。敗戦後の日本は死体がそのへんにころがる、文字通り死が死体として物象化され、視覚化された世界だったが、そうした渾沌《こんとん》のなかで暮らすことで逆に開高少年の生は活性化されていた。

ところが高度経済成長とともに、いたるところから死と地続きだった荒地の路地や隙間が、コンクリートや重機の力によって埋め立てられ、封印されていき、すべすべとした均質な人工空間につくりかえられてゆく。猥雑で危険でにぎにぎしかった魅力的な荒地が、快適で安全でつまらない都市空間に変質することで、無秩序のなかで自由と冒険を謳歌したエネルギッシュな人間たちが、魂を吸いとられたかのように枯れ、しなびてゆく。そのような開高健の原風景消滅の模様は『日本三文オペラ』にくわしく描かれている。

青年となり、作家としてひとり立ちした開高健は、『週刊朝日』の臨時特派員としてベトナム戦争にむかい、米軍の同行取材中にベトコン（南ベトナム解放民族戦線）の掃射をうけ、生還したのが二百人中十七人という激戦を経験した。

開高健の人生の決定的ターニングポイントは、ここだ。文字通り九死に一生をえることで、生のなかに死をとりこんでしまったのである。

もともと開高がベトナムにむかったのは、ジャーナリスティックな問題意識というより、個人的な魂の浄化が主目的だった。それは『輝ける闇』（新潮文庫）を読めばあきらかである。従軍取材におもむく直前の心理として、彼は〈私のための戦争だ〉とまで書いている。

彼は、戦後復興で荒地が消滅してしまった戦後社会の健康的なつまらなさを嘆き、絶望していた。快適なだけで生の輪郭線のぼやけてしまった日常は生きるに値しない。原風景である荒地を復活させ、切実な生をとりもどしたい。そうした鬱屈した使命感をいだき従軍し、そして死地から生還することで、渾沌のなかで死に接近することで生は輝くという逆説的真理を経験するのである。

ところが彼が復活させた荒地は、少々荒れすぎていたのだった。なにしろ二百人中十七人しか生き残らなかった激戦からの奇跡の生還である。ありていにいうと、彼は死に近づきすぎた。彼がかかえた死の余白は、死までの距離があまりに近く、現実的にそれ以上、刻みようがないものだった。

戦場から日常へもどった彼は、刺激に欠け、戦場ほど生の輝きのない毎日に退屈とやりきれなさと苛立ちをおぼえる。彼の魂は、日常のアイコンとしての女との生活のなかで漂流する。魂の漂流の模様は『夏の闇』で文学的に結晶化されているが、そこに描かれるのは、安全で人工的な空間でくりひろげられる女との怠惰《たいだ》で性的な日々だ。生の輪郭線のとけかかった時間のなかで、彼はふたたび戦場からの呼び声をきく。戦場が、荒地が彼を呼んでいる。

『夏の闇』を執筆したとき開高健はちょうど四十過ぎで、人生の膨張期の最終局面にさしかかっていた。心のどこかで死の余白をもっと刻み、生をより完全燃焼に近づけたいとねがっていたのではないか。生と死のあいだにある、のこりわずかな距離を解消したい。それが危険な希求だとわかっていながら、でもその呼び声は内面にこだまする。のこされた距離をもう少し埋めることができれば、日常のやりきれなさは解消するかもしれない……。

だが開高健の場合、それは事実上、不可能なのだった。開高健がベトナムで経験した戦場は生きのこったこと自体が奇跡のようなもので、のこされた死の余白をさらに刻もうとすれば、今度は確実に死ぬからである。それは事実上の自殺である。『夏の闇』に描かれたのは、その葛藤である。これ以上、死の余白を刻むのはむずかしい。そこで彼がえらんだのが釣りだった。釣りという、開高健のその後の生涯のテーマは、実存上の問題解決のために選択された具体策だった、というのが私の見立てである。
とはいえ、これは妥協の産物でもある。

開高健にとっての釣りは、戦場という選択肢が封印されたことにより浮上した疑似的冒険行為である。

釣りの舞台は山河や海であり、自然のなかで魚との駆け引きを楽しむものだ。とりわけ、生活のための漁労ではなくスポーツフィッシングであることを重視していた開高にとって、釣りの核心は駆け引きにあった。かたちや量や大きさといった外形性、実利性を問題にするのではなく、一匹一匹の魚の内側にある生命エネルギーを技術によりひきだし、挙動として現象させたうえで対峙すること。それが開高健にとっての釣りだった。それはまさしく魚の自然エネルギーを両手で感じとる行為である。

川や海で魚を相手にする釣りは、自然界の渾沌と無秩序に触れる行為である。無秩序に触れることは、荒地の復活を意味し、生命の源泉を感じることだ。荒地をもとめた開高健の実存は釣りにより安定し、空虚だった生もそこそこ活性化しただろう。

もちろん生命の危険度のすくない釣りは、あくまで疑似的冒険行為であり、ベトナムでかかえた死の余白はそれ以上刻めない。実際に『夏の闇』では、女とパイク（カワカマス科の淡水魚）釣りにでかけて楽しむも、それでは悶々とした不完全燃焼感が解消されないさまが描かれている。

本質論からいうと、釣りでは最終的解決にはならない。釣りのように危険度のひくいことをしたところで、死の余白を希釈《きしゃく》させることにしかならない。あくまで釣りはそこそこの解決策だ。そのことは彼にもよくわかっていた。だが現実問題として、それ以外にどのような解決策があるというのだろう。

それに釣りを本格化させていく頃、開高健は年齢的に生の減退期にはいっており、生の究極的なところへ到達したいという希求はうすまっていたと考えられる。次第に関心は釣りの技術的追求にむかい、釣り作家の元祖として不動の地位をものにする。加齢とともに生の実質が変化していくなかで、彼は、心のどこかに、オレは結局あのとき死ななかったなぁ、という釈然としない思いをかかえながら、釣りを楽しんでいたのかもしれない。

開高健の作品と実人生がしめすのは、死の余白を解消することはできないという厳然たる事実である。生きのこった以上、死の余白はかならずのこり、もっとぎりぎりまで行けたのではないか、という虚無をかかえることになる。それを無理に刻もうとすればどこかで死ぬしかない。だから人はそれをかかえたまま、希釈させるほかはない。それが開高健がしめした解答だ。

私もまた、基本的には開高健とおなじ立場にたっている。死の余白は年齢とともに希釈させてゆく以外、取りあつかいようがない。常識的に考えて、それ以外、解決の方法はないだろう。

だが——私の仮説が正しければ——三島由紀夫はこの常識的な壁を突破した。開高健が突破できなかった壁を、なぜ三島はぶち破ることができたのか。私が知りたいのはそこである。

6 生と死の相克、言葉と経験の乖離

三島という作家が特徴的なのは、彼が言葉をあやつるだけの作家ではなく、きわめてアクティブな行動家でもあったことだ。しかも行動家としての側面は、死が近づく後半生になるほど顕著になり、前面にでてくる。

文学の観点だけから接近しても彼の実像には近づけないし、行動家の面だけをクローズアップしても半分の側面しか見えないだろう。作家三島と行動家三島はときに別々であり、ときに同一である。小説単体として読んでも十分奥深いが、実人生を知ったうえで小説を読むとまた別の読み方ができたりする点が、三島作品の一筋縄ではいかないと

ころであり、かつ魅力にもなっている。

登山家や冒険家がかかえる死の余白と、三島がかかえる内面の虚無。両者は〈届かなさ〉という点で一致しているように見えるが、でもちがうようでもある。

ちがうのはひとつに顕在化する過程であろう。

登山家や冒険家は純然たる行為者であり、現実にある外の世界との関係をつうじて、届かないという虚無は発見される。

登山家であれば登るという行動をつうじて、絶対に登れない山の存在を覚知し、そこに埋めがたい距離を見つける。私はチベットの峡谷探検という行動の結果として死の余白を見つけ、開高健はベトナム戦争の従軍で生のなかに死をとりこむ体験をした。いずれにしても、それは実際の経験、つまり行為をつうじて発見されたものだ。

ところが三島の場合は事情がちがったようだ。三十歳から肉体を鍛錬し、やがて自衛隊への体験入隊をくりかえし、最後は彼らに決起をうながすようなはげしい行動家に変貌したものの、元来彼は小説家であり、しかもこのうえもなく洞察力の高い小説家であった。彼は究極的なものに対する届かなさを、経験をつうじてではなく言葉をつうじて、つまり認識により発見したようだ。しかも年少期に、だ。

晩年の評論『太陽と鉄』で、彼は十七歳の頃の自分を〈全知〉と神に擬《ぎ》すかのような表現で回顧している。

〈あのころの、十七歳の私を無知と呼ぼうか？　いや、決してそんなことはない。私はすべてを知っていたのだ。十七歳の私が知っていたことに、その後四半世紀の人生経験は何一つ加えはしなかった。ただ一つのちがいは、十七歳の私がリアリズムを所有しなかったということだけだ。〉（『太陽と鉄・私の遍歴時代』中公文庫）

彼の届かなさは、登山家や冒険家などの行為者のように、生と死の相克から生まれるものではなく、言葉と経験の乖離から生じるものだった。つまり、実際に何かを体験する前に、鋭敏な感受性と言葉の力によってその内容を想像できてしまう。年少の頃に古典を読みこむことで、疑似的にではあるが、あらゆる経験をすませていたのだという。身体的に現実を体験する前にどのようなものか予期できてしまうため、はじめての出来事でも、新鮮で切実なものとしてたち現れてこない。

事前の認識に行為がおいつかない。言葉により現実から疎外されている。ここに彼の届かなさの原型がある。

よく引用される有名な文章であるが、三島はこうした特殊な現実を白木の比喩で表現している〈つらつら自分の幼時を思いめぐらすと、私にとっては、言葉の記憶は肉体の記憶よりもはるかに遠くまで遡《さかのぼ》る。世のつねの人にとっては、肉体が先に訪れ、それから言葉が訪れるのであろうに、私にとっては、まず言葉が訪れて、ずっとあとから、甚だ気の進まぬ様子で、そのときすでに観念的な姿をしていたところの肉体が訪れたが、その肉体は云うまでもなく、すでに言葉に蝕まれていた。

まず白木の柱があり、それから白蟻が来てこれを蝕む。しかるに私の場合は、まず白蟻がおり、やがて半ば蝕まれた白木の柱が徐々に姿を現わしたのであった。〉（前掲書）

これではまるで亡霊だが、実際に三島にとって、身体的なナマの経験は本当に観念的で実質を欠いたものだったのだろう。

経験しようと思っても、言葉と感受性によるするどい認識力に邪魔されて、現実が生々しく立ちあがってこない。現実よりむしろ物語中の出来事のほうが生き生きと感じられる。三島が生来かかえた届かなさは、言葉と経験とのあいだの距離から生じる届かなさである。そこがまず通常の行動家といちじるしく異なる点だ。

この感覚は、もしかしたらネット検索による情報収集が当たり前となった現代人のそれにちかいかもしれない。

飲食店にはいるとき、本を買うとき、映画をみるとき、旅行をするとき、つまり何か行動をおこすとき、われわれはあらゆる情報を収集し、レビューをたしかめ、ハズレをなくそうとする。その結果、実際の経験がどうなってしまうかというと、事前に収拾した情報の確認作業に堕し、ただの答え合わせとなる。情報という白蟻に食い荒らされた白木の亡霊と化す。

行きすぎた事前検索と未来予期のせいで、現代人は経験から疎外され、経験本来の面白味を体感できなくなりつつあるわけだが、すでに七十年以上前に、これを何十倍にもふくらませた虚無を、三島は高度な感受性によりかかえていたのである。

三島の小説を読むと、実質的なデビュー作といえる『仮面の告白』から死の当日まで書きつらねた『豊饒《ほうじょう》の海』にいたるまで、この現実への届かなさがくりかえし、執拗にあらわれるが、なかでもこの主題がもっとも顕著に、そしてスリリングに語られるのが『金閣寺』である。

本人が語っているように、この小説のテーマはニヒリズムだ。三島は個人におけるニヒリズムの問題を、この傑作のなかで徹底して模索している。したがって三島の届かなさを検証するには、まず『金閣寺』の精読が必要となる。

第五章　世界を変えるのは認識か行為か

1　永遠と美、届かなさ

三島由紀夫の小説『金閣寺』は現実におきた一九五〇年の金閣寺放火事件を題材にしたものだ。主人公は溝口《みぞぐち》という田舎の寺の跡取りで、父親と鹿苑寺《ろくおんじ》（金閣寺）の住職との関係から鹿苑寺に住みこむことになる。住職から将来を嘱望され、京都の大学への進学をゆるされたが、その後溝口の人生は次第に屈折してゆく。溝口は幼少期から金閣の美に魅了されていたが、その美が自己と世界を分けへだてている障害だと気づき、逆にこれを憎むようになる。大学を欠席がちになって様々な問題を引き起こし始め、実存の問題を克服するには金閣を燃やさなくてはならない、との極端な思考にとらわれる。そしていくつもの障害を解決してゆき、きわめて計画的に犯行におよぶ。……と大雑把な話の筋はこのようなものだ。

では、この作品のなかで三島由紀夫はおのれがかかえる現実への届かなさを、それにともなう虚無を、小説としてどう描いているのか。

精神科医の内海《うつみ》健《たけし》は『金閣を焼かなければならぬ』（河出書房新社）で、三島の届かなさを離隔《りかく》という言葉で指摘している。これにしたがうと、小説の序盤で二つの離隔が象徴的に提示されているという。ひとつは主人公の溝口が生来の吃音《きつおん》であることだ。

言葉を発しようとするとき、吃音の溝口は最初の音をうまく出せない。どもっているあいだに外の世界では時間が流れ、現実は進展し、ようやく言葉が口を出たときには、現実の新鮮味はうしなわれている。

人間にとって言葉は本来、内側の精神と外側の現実をつなぐ鍵だ。通常はその鍵をつかうことで内側と外側の通路が開くのだが、溝口にはそれができず、逆に鍵がかかって錆びついた状態となっている。吃音である溝口はつねに現実から一歩遅れ、この距離は絶対に埋まらない。生まれた時点で、溝口は経験への届かなさをかかえているのである。

もうひとつの離隔の象徴が、小説の主題である金閣である。

小説の冒頭でまず、溝口が幼少の頃にこしらえた金閣のイメージが描写される。舞鶴《まいづる》の田舎町の住職だった溝口の父親は、息子によく金閣の美しさを語った。父親が語る金閣はこの世に二つとない壮麗なもので、溝口は金閣という字面、音韻からその美を途方もないものに膨らませる。このように金閣の美を事前に先入主としていだいてしまった溝口が、では実際に本物の金閣を見てどう思うかと言えば、ひどく落胆するほど貧相な建物にすぎないのである。

〈私はいろいろに角度を変え、あるいは首を傾けて眺めた。何の感動も起らなかった。それは古い黒ずんだ小っぽけな三階建にすぎなかった。頂きの鳳凰も、鴉《からす》がとまっているようにしか見えなかった。美しいどころか、不調和な落着かない感じをさえ受けた。美というものは、こんなに美しくないものだろうか、と私は考えた。〉（『金閣寺』新潮文庫。以下同）

金閣が象徴するのは、ひとつにはこのような言葉と経験とのあいだに生じる届かなさである。

ただそれだけではあるまい。ここからは私の見解になるが、この小説で描かれるのは、三島本人が内面にかかえるリアリティーへの届かなさだけではなく、人類が普遍的にかかえる永遠への届かなさという、もっと大きな届かなさでもあるのではないだろうか。

私にはこの小説の届かなさはつぎのような構造で描かれているように思える。まず金閣がある。それは届かなさの象徴なのだが、同時に永遠の美でもある。では金閣が体現する永遠とか美とは何なのか。

永遠とは人間の側の認識が変化しても変わらないもの、人間の認識ではとらえられないもの、つまり自然界の奥深くにある絶対的で普遍的な何かのことであろう。そして美とはそれが顕現する瞬間のことである。

あらゆる事物、物象が生み出され、あるいは死滅する存在のゼロポイント。宇宙にはそのような根源があり、不意に人間の目に触れるかたちで現象することがある。あるいはひと握りの天才が芸術的感性でそれを取りだすことがある。そうしたものを人は美と呼び、芸術としてたたえる。

そして、このような美としてたちあらわれる永遠の相は、実存の面からとらえると、生きることとの純粋な経験と言いかえられよう。人が生きる時間のなかには、時代性や文化や社会性を超越した全人類に共通する普遍的で始原的な瞬間がある。生の純粋経験がそれらをさすとしたら、それは普遍という意味で永遠の相に属しているといえる。

実際に三島は『金閣寺』だけでなく様々な作品で行為の純粋性を探求している。永遠的なもの。それは芸術や表現の側からせまると美としてあらわれるだろうし、行為からせまると生の純粋形式としてあらわれる。永遠の相から現象する美、あるいは生の純粋形式。三島はそれを金閣に託して描いているのではないか。

　では具体的に、これらの届かなさは小説のなかでどう書かれているか。

　象徴的なものに、溝口が女性と関係を結ぼうとする場面が二つある。一度目は、とある下宿の娘が相手だ。二人はサツキの花かげに腰をおろし、接吻をはじめる。まだ童貞だった溝口は、長いあいだこの瞬間を待ち望んでいたが、実際に経験すると現実感は例によって希薄だった。溝口は目の前の娘を欲望の対象ととらえることをやめ、人生そのものと考えはじめる。

〈これを人生と考えるべきなのだ。前進し獲得するための一つの関門と考えるべきなのだ。今の機を逸したら、永遠に人生は私を訪れぬだろう。〉

　だが、そのとき不意に金閣があらわれる。〈近いと思えば遠く、親しくもあり隔たってもいる不可解な距離に、いつも澄明に浮んでいるあの金閣が現われたのである〉。その瞬間、溝口は永遠の美である金閣につつまれ、そして一体化する。

〈それは私と、私の志す人生との間に立ちはだかり、はじめは微細画のように小さかったものが、みるみる大きくなり、（中略）私をかこむ世界の隅々までも埋め、この世界

の寸法をきっちりと充たすものになった。〉

いざ、事におよぼうとすると金閣があらわれ、溝口は永遠の相に接続されて恍惚となる。そのあいだに肝心の娘はどこかに消えてしまう。永遠の美のせいで、人生を前進させるための現実的行為が失敗に終わったわけである。

さらに話の中盤に出てくる美しい未亡人とのやり取りのなかでも、金閣は出現する。この未亡人は溝口にとって憧憬《しょうけい》の人だった。彼はかつてこの未亡人を南禅寺の一室に遠望したことがある。そのとき、この美しい女性は、溝口にのぞかれていることも知らずに瞠目の行為におよんだ。戦地への出征を前にした士官の前で、やおら乳房をむき出しにし、お椀に母乳をほとばしらせたのである。

その美しい女性が、色々といきさつがあって目の前にいる。溝口が南禅寺での一件を話すと、女はその奇縁をよろこび、そうやったの、と奇妙な声を出してその場面を再現しようとする。女が帯をほどき、左の乳房をかきだしたそのとき、しかし乳房は金閣に変貌するのである。

乳房の金閣化。またしても溝口の前に永遠の美があらわれ、溝口は痺れたように乳房と対座する。だが女のほうはすっかり白け、溝口をさげすみ姿を消す。そして溝口は「又もや私は人生から隔てられた！」と独白する。

このように具体的な行為におよぼうとすると、溝口の前にはかならず金閣があらわれ、行為はいきづまる。経験のリアリズムは彼の前におとずれないのである。

いずれのケースでも、溝口は瞬間的だが永遠の美たる金閣と調和し、恍惚とする。金閣により彼の疎外は充たされ、隙間は埋めつくされている。つまりその刹那、彼の届かなさは消失し、美を経験し、永遠の相に接続されている。その代償として女たちは逃げ、現実的な人生経験をうしなうわけだが、瞬間的にみれば、届かないはずの領域に彼は届いているともいえる。

溝口はこの失敗を、永遠の美が行為の虚しさを諭すために顕現したものだととらえた。何か行為をする。その行為は瞬間的な生のきらめきをもたらすだろう。しかし、そのきらめきは刹那的なものであり、永続はしない。永遠の美の立場にたったとき、あらゆる行為は虚しく、無意味ですらある。人生が行為の集積であるなら、金閣という永遠の美を前に人生は頓挫《とんざ》せざるを得ない。行為をしようとするかぎり、その努力は永遠の美によってこばまれるのである。

こうして見ると、金閣は、登山家や冒険家がかかえる死の余白と同一構造をなしている。より困難な山や目標に挑んでも、生きているかぎりは究極の部分には届かない。挑み、瞬間的な達成を手にしても、その陶酔は永続せず、永遠の山に到達するためにはまた立ち上がらざるを得ない。人間の実存にはかならず、この届かない、という虚無がひそんでおり、逃れられないのだ。

では、どうしたらよいか。燃やしてしまうほかない――。

これが三十一歳の三島由紀夫が『金閣寺』で出した答えだった。だから溝口に放火させ、届かなさの母胎たる金閣を焼亡させたのである。

生の届かなさをいかに解決するかという小説の命題は、ラストの溝口による金閣放火の場面で最高潮に達する。この場面の三島の筆致は、たたみかけるような勢いで核心にせまる迫力をたもちながら、同時に一歩一歩階段をのぼり、間違いがないように解答ににじりよっていく慎重さもあわせもっている。その姿勢は、自らの実人生を溝口に重ねあわせながら、これからどう生きていこうか、苦しみ、悶えつつ、答えを絞り出そうとしている三島本人の葛藤のようにも見える。

2　存在条件としての内翻足

ということで、主人公溝口がどのように金閣放火におよんだのかを見ていきたいのだが、その前に、三島がこの小説のなかで言葉と経験とのあいだの届かなさをいかに処理しようとしたのか、確認しておきたい。

よく言われるように三島は認識（言葉）と行為（経験）の二元論にやたらとこだわる作家だった。後半生になると、彼はそれまでの芸術至上主義者の仮面を投げ捨て、身体を鍛えることで経験や行為の世界に参入してゆくが、それもおそらくは文学や認識ではなく、経験や行為によってこの届かなさを埋めたいと考えたからだろう。

認識か、行為か。言葉による理解か、経験による到達か。問題はここだ。三島にとりこれは非常に重要だったし、私にとっても大事なことだ。

三島の小説は、多くの作品で、認識で世界をとらえる人物と、行為を手段にする人物があらわれ、双方の立場から核心にせまる手法がとられる。『金閣寺』でもそれは踏襲されており、この作品で認識の立場にたつのが溝口の悪友である柏木《かしわぎ》という人物だ。

柏木は言葉をたくみにあやつる悪魔的な男だ。主人公溝口はこの柏木の言葉に惹かれ、甚大な影響をうけるのだが、終盤はその魔力を振りきり、柏木の影響圏から脱して金閣放火におよぶ。その意味で、金閣放火は認識（柏木）と行為（溝口）の弁証法からみちびきだされた性格をもっている。その悪友柏木は溝口と出会った直後に独特の実存哲学を語るのだが、その語り口は『カラマーゾフの兄弟』の大審問官のように力強く、魅惑的だ。

彼の哲学とはつぎのようなものだ。

柏木もまた溝口の吃音と同様、強度の内飜足《ないほんそく》という生来の障害をかかえている。そのため、彼の歩行は〈いつもぬかるみの中を歩いているようで、一方の足をぬかるみからようやく引き抜くと、もう一方の足はまたぬかるみにはまり込んでいるという風〉であり、柏木は自らに課せられた、この存在の条件を恥じていた。

だが、ある女との出会いによりこの考えは変わった。女は神戸の女学校を出た裕福な家の娘で、美貌の誉れが高かった。その美女が、ふとしたことから柏木に愛を打ち明ける。

だが、柏木はその告白を信じられなかった。柏木の存在条件は内飜足だ。それが他人と彼を区別する個別性だから、女が本当に柏木を愛していれば、それは柏木の内飜足を愛していることになろう。しかし内飜足を敗北と考える当時の柏木の思考において、それはありえなかった。一方、もし女が内飜足以外の彼の条件を愛しているとしても、それを認めることもできない。それは内飜足以外の存在理由を彼自身が認めたことになるからである。彼はそれぐらい自己を卑下していた。いずれもありえないので、柏木はこの美しい女に、愛していないと返答する。

しかし女は柏木のことをあきらめなかった。柏木が愛していないと伝えるほど女は彼に夢中になり、ついには彼の前に身体を投げ出した。まばゆいばかりの裸体を前に、柏木は欲望を感じる。そしてこの欲望を行使することで、自分が女を愛していないことを実証するという、逆説的行為におよぼうとする。ところが、いざ事におよぼうとしたとき、内翻足である自分の足が女の美しい足に触れるのを想像し、彼の肉体は不能状態におちいった。肉体は肝心なところで精神を裏切ったのだ。この件をきっかけに柏木の認識は一変し、肉体に深い関心をいだくようになった。

通常、肉体というものは重々しい実質であり、確固としたモノに関する自覚をともなうものだ。しかし柏木は肉体をそのようにはとらえず、風のように透明な肉体をもつことを夢見た。

透明であれば対象へ簡単に接近し、くまなく愛撫し、その内部へしのびこむことができるだろう。しかし、それは無理な話である。なぜなら彼は内翻足だからだ。もし仮に理想通り透明な肉体をもったとしても、女との交情に失敗したときのように内翻足はたちまち彼を引き留めにかかるだろう。内翻足だけは透明になることがない。それは肉体より実質のあるものとして機能しているのである。

ここにおいて柏木の認識は逆転をみせる。風のような理想的肉体を手にいれても内翻足は透明にはならない。これまで柏木は内翻足を敗北の条件だと思っていたが、じつはそうではない。これこそが何があろうとも消すことのできない圧倒的存在なのだ。〈太陽や地球や、美しい鳥や、醜い鰐《わに》の存在しているのと同じほど確かなこと〉なのである。

この認識の変革によって、柏木は生にともなう虚無を克服する。生きている意味を求めて、人は不安を感じ、ときに自殺さえするが、そんな煩悶は柏木には生じない。彼にとっての生きる意味は目の前にある。内翻足こそが柏木にとって生の絶対的条件であり、理由であり、目的であり、理想であり、生それ自身なのだ。認識の変化により敗北の条件だったものが、生の存在証明となる。内翻足である柏木は、そのことにより存在の不安から解放されたのである。

これが柏木の独特な認識論だ。

柏木は生来の障害である内翻足への認識を変えることで、生にともなう虚無を克服できると考えるようになった。無論、彼にも届かないという離隔は存在するが、彼はその届かなさを埋めようとはしない。むしろ届かなさをそのまま温存し、その距離を保ったまま世界に接するという立場にたつ。

〈問題は、俺と対象との間の距離をいかにちぢめるかということにはなくて、対象を対象たらしめるために、いかに距離を保つかということにあるのを知った。〉

柏木にいわせれば、具体的な行為で届かなさを埋めることは夢でしかない。重要なのは届かなさを解消することではなく、ただ見ることで対象との距離を保つことだ。

三島文学において、〈見る者〉はくりかえしあらわれるモチーフである。『禁色《きんじき》』の檜俊輔《ひのきしゅんすけ》しかり、『豊饒の海』の本多繁邦《ほんだしげくに》しかり、見る者はただ対象を観察するだけで、自分の手を汚さない。柏木もそうだ。彼はただ見方を変えることで世界は変わると考えるのである。

では、認識派の柏木に対して、主人公の溝口はどうか。

柏木の悪魔的な語りを聞き終わったとき、溝口は烈しい感銘を受けた。だが、その思想に惹かれつつも、これに反発し、克服しようと努力する。

ではどのように克服しようとするのか。それが行為である。

溝口の直観的理解によれば、柏木は未知というものを決して認めない。世界それ自体は不変であり、あるのは認識だけだ。世界が変わるとしても、それは世界それ自体が変わるのではなく、こちら側の認識の変化によって世界が変わったように見えるにすぎない。

だが、溝口はもう少しロマンティークな考え方をもっており、行為によって世界そのものを変えられると信じているのである。たとえば金閣寺を燃やせば、それは唯一無二の存在である金閣がある世界から、それがない世界に変わるということであり、〈人間の作った美の総量の目方を確実に減らすことになる〉のだ。

二人の立場のちがいは、おそらく、それぞれの存在の条件のちがいに由来する。柏木の存在条件は内翻足で、それは目に見える状態で露骨につきつけられている。逃れようがないだけに、認識を変え、その条件を生きることをしないと、ニヒリズムを克服できない。

対して溝口は吃音であり、時間的な遅れから逃れられない。言葉を発したとき、彼はすでに遅れており、つねに世界はひと足先にうごいている。だから、柏木とちがってあたえられた条件を生ききったところで世界に届くことはない。世界に追いつき、距離を解消するためには、どうしても行為が必要となる。

煩悶をつよめ、最終解決策として金閣焼亡を決意した溝口は、物語の後半で柏木に論戦をいどむ。「俺は君に知らせたかったんだ。この世界を変貌させるものは認識だと」と説得する柏木に、溝口は「世界を変貌させるのは行為なんだ。それだけしかない」と反論する。柏木は溝口の意見を嘲笑するが、最後に溝口が、どもりながらも、「美は……美的なものはもう僕にとっては怨敵なんだ」と吐き捨てると、さすがの柏木も目を見開き、「何という変りようだ、君の口からそれを聴くとは。俺も自分の認識のレンズの度を、合わせ直さなくちゃいかんぞ」と驚愕し、二人は和解をはたす。こうして柏木の認識論を凌駕した溝口は、金閣焼亡にむけてひた走るのである。

この和解をどう見たらよいのか。

私自身は、作者三島自身の内部の和解なのだとうけとめている。すでにあきらかだろうが、主人公溝口も、そして悪友柏木も三島自身の分身である。分身ではあるのだが、この二人は同一ではない。

認識を象徴する柏木は、行動家になる前の、言葉によってあらゆる経験を事前に予期できてしまう、あの全知であった若い頃の三島である。一方、行為を象徴する溝口は、大人になり、言葉と経験とのあいだの離隔を、行動によって解消しようとする後半生の三島である。『金閣寺』を連載したとき三島は三十一歳、前年からボディビルで身体を鍛えはじめ、その後、ボクシングや剣道を開始した時期、つまり本格的に行為の世界に足をふみだした時期とかさなっている。

経験の世界に参入する前に、三島は、自らの手を汚さず、現実の出来事と接触することを避けていたそれまでの芸術至上主義者たるおのれを乗り越えなければならなかった。それがこの和解と、溝口の世界からの柏木の追放というかたちで表現されている。

3 〈はみだし理論〉とは何か

『金閣寺』において金閣は永遠の美であり、届かないものの象徴だ。すなわち生のニヒリズムを生みだす母胎である。ニヒリズムの根本原因は対象とのあいだの距離であり、この距離こそが疎外感を生み出すのである。

三島由紀夫が小説の主人公溝口に金閣を放火させたのは、ニヒリズムを克服するには、その根源そのものを、ニヒリズムを生みだす届かなさもろとも消滅させるしかないと考えたからだ。そしてこのモチーフは、ちょうど芸術至上主義者から行動家に変身しようとしていた三島本人の実人生の歩みとかさなる。

では、行動家に変身しつつあった三島はいかなる論理を駆使して、主人公溝口に金閣を焼かせるのだろうか。

その論理こそ〈はみだし理論〉とでもよぶべき、三島独特の考え方である。

三島の小説や評論を読んでいると、いたるところで〈純粋さは無意味である〉という考えが顔をのぞかせている。生の純粋経験は意味的な世界からはみだし、逸脱している、そういう考え方だ。

たとえば『金閣寺』においては悪友柏木の存在条件である内翻足がそれにあたる。美しい女との一件で認識を変質させた柏木は、内翻足こそ自分の生のすべてであると考え、ニヒリズムを解消するわけだが、なぜそうなるかといえば、内翻足が意味的世界からはみだしているからだ。

柏木は肉体をガラスのように透明にして風のような存在となることをめざしたが、内翻足だけは透明にならず、頑固に錘《おもり》のようなモノとして機能し、彼を引き留めた。つまり、どんなにするどい認識により理路整然と世界を腑分けしたところで、現実はそれほど一貫しているものではない。だから認識はかならず現実の事物、モノ、出来事の前に躓く運命になる。しかし認識や意味の世界ではとらえきれない、こうした余分なモノこそ純粋なのであり、生きるための条件になりうるのだ。

行為によって世界を変質させようとする主人公溝口もまた、純粋さの根底には無意味さがあると考えている。

『金閣寺』第七章の冒頭で、溝口は、ばらばらで意味や法則性を欠いた小さな体験こそに未来があると語る。

〈それらは無意味のうちに、法則性の完全な欠如のもとに、世にもぶざまな姿で打ち捨てられながら、おのがじし未来を夢みているように見えたからだ。破片の分際で、おそ

れげもなく、無気味に、沈静に、……未来を！　決して快癒や恢復ではないところの、手つかずの、まさに前代未聞の未来を！〉

この世界には日常をまとめあげ、秩序をもたらす意味や規則、法則性があるが、ときおりこうした秩序から逸脱し、自分自身をもてあましてしまっているような、意味が完全に欠落したモノや経験というものがある。生の純粋さは、このような意味世界からこぼれた剰余的な存在、出来事にこそ宿るのだ。だから、もし純粋に生きていることを経験したいのなら、そのはみだしているところをめざさなければならない――。

三島の〈はみだし理論〉は、おおむねこのような考え方ととらえることができる。不純物のない純然たる生が、なぜはみだした余剰に宿るのか。それは世の中に秩序をもたらす意味や規則や法則といったシステムが、あくまで自分の外側をとりまく社会や時代によってつくりだされたものであり、自分の内側に由来がないからである。

つまり秩序や意味は加藤典洋がいう〈関係〉の世界の産物であり、意味体系からはみ出した純粋さは〈内在〉の産物である。

個人的なことをいえば、私は三島のこの〈はみだし理論〉が非常によくわかる。とても腑に落ちるのだ。

本書の第二章で、私は、最初からエベレストをめざすような登山家は真の登山家ではないと書いたが、それを三島の〈はみだし理論〉とからめて説明しよう。

世界一高い山エベレストは、世界一高いという理由で意味のある存在だ。だからこそ山に登らない人でもエベレストを登る価値は理解できる。意味とは関係の視点からうまれる理由づけのことであり、世界一高いからエベレストに登るという登山は、社会の役にたつからボランティアをする、という行動と構造がおなじだ。登山者がエベレストをめざすのはその外部性ゆえであり、その意味でエベレスト登山者は、純然たる山に登るのではなく、エベレストの意味を登る。

このような態度は登山としては明らかに不純である。純粋な登山というものは、社会的意味や第三者の価値観とは関係なく内在的に生じるものだ。これまでの登山経験や生の履歴から生じる、つぎはこの山を登りたいという、おのずと内側から湧き出てくる思い、それによりつぎなる登山は生みだされなければならない。要するに真っ先にエベレストをめざすような登山者は、根本的な立脚点が、〈それが世界一高い山だからだ〉という社会的意味におかれており、その時点でおかしいのである。本筋系の登山家は、エベレストや七大陸最高峰みたいなわかりやすい冠にすぐに飛びつく登山者をうさん臭いと感じるが、そのうさん臭さはこのような山に対する態度の不純さにある。

ただし、純粋さをめざす本来的な登山は、内なる衝動という独自の法則にしたがって運動し、展開してゆくため、外の意味体系から次第にズレてゆき、最後ははみだすという宿命もかかえている。

ヒマラヤの未踏の岩壁をめざすような先鋭クライマーの登山は、一般の人にはまったく理解不能で、なぜそんなことをやるのか、という疑問しか湧かないと思うが、純粋な行為というのはそういうものなのである。純粋さは、無意味さ、不気味さ、異様さにつながるのだ。

私自身の活動も似たようなものかもしれない。私の現在の主な活動は、グリーンランド北部からカナダ・エルズミア島にかけての、いわば世界最北のエリアを、犬橇で狩猟をしながら旅をするというものである。もう十年近くおなじ地域に通い、土地の知識や旅行能力を高めることに力をそそいできた。年々旅行能力は向上しているし、質も高まっていると感じる。

私の理想は、狩猟能力と大地への信頼をもとに、いつまでもどこまでも行くことができた百年前のエスキモーの旅だ。なぜなら彼らこそ極地旅行の真の実力者であり、自然や大地と深いつながりをもって旅していたからである。

私は彼らの旅に、テクノロジーに依存した現代のスポーツ的な冒険からは失われた内容的な豊かさを感じる。彼らこそ真の極地旅行の実力者であり、彼らのような旅をしたい。それが、三十年近い探検経歴からたちあがってきた、私にとっての〈自分の山〉である。そして、この〈自分の山〉は、それをやればどのような意味があるのか、などといった社会的な観点や価値観におかされておらず、純粋な私的性を保てていると感じる。

だが行為が純粋になり、真に深い旅をめざすほど、自分の行為が社会の理解からかけ離れたものになっていることも実感する。北極の旅をはじめてから十一年、いつのまにか私の旅は社会や時代の常識から大きく逸脱した。逸脱すること自体はいい。それは固有度が高いということだから、むしろ私にとって誇りですらある。

困るのは、この旅をいったいどう書いたらいいかわからないことだ。書いて表現することは私にとっては習性みたいなものだ。書きたいという思いがあるし、書かないと収入がないという現実的な問題もある。ところが言語というものは他者との共通理解をベースにしている。共通理解、すなわち意味的世界からはみだした純粋行為をカバーする言語表現は基本的に存在しないので、そういうものは書けない、あるいは書くのが著しく困難だ。

やればやるほど読者の価値観から遠ざかるばかり。いったいどのように書けば、この自分にしかわからない旅を読者に伝えることができるのか、もはや読者を置き去りにして独走するしかないのだろうか、そんな諦念すら湧く。

でも三島にはそれができた。意味圏から脱した純粋行為をストレートに言葉で書いても読者には伝わらないが、メタファーに置き換えて文学として結晶化させることができれば、逆に傑作になる。『金閣寺』とは、そういう天才のみが書きうる小説であった。

4 徒爾であるからこそ

話を『金閣寺』にもどし、三島が純粋さと届かなさをどのように描いているかを見てみよう。

この小説で〈はみだし理論〉が作動するのは、主人公溝口が金閣放火におよぶクライマックスの場面だ。ポイントとなるのは、溝口が入念にこの犯行を計画したという点である。

金閣焼亡はある日、唐突に思いついたものだったが、それからというもの溝口の頭は放火のことで占められるようになる。そのことばかり考え尽くした末に、自分は生まれた瞬間から金閣を焼くことが宿命づけられていたのだ、少年の頃に金閣を見て美しいと思ったとき、すでに自分には放火者となる運命が用意されていたのだ、と思えるぐらい、溝口のなかで自己と行為は一体化する。それぐらい思考し、その場面を想像するのである。

そして実行にあたって準備を周到に進める。たとえば、老師から手渡された大学の授業料を売春宿で使いこむのが、一つの例だ。童貞をすてて生への執着を断ち、かつ老師の怒りを買い、寺から放逐されかねない立場に自分を追いこむ。そうすることでしがらみを断ち、犯行をやりやすくしようとした。また、決行時の侵入路となる金閣北側の老朽化した板戸の釘をこっそり二本外しておき、そのことに誰か気づくか一週間観察する。あるいは自殺にそなえ薬品と刃物を購入し、警察署の前でうろうろして警官が自分に注意をはらうかどうかを観察し、自分がまだこの国にごろごろする非要注意人物の側に属しているかどうかを確認したりもする。ありとあらゆる可能性を予測し、対策を練ったうえで犯行におよぶわけだ。

たまたま寺の火災報知器が故障したことが決行の引き金となった。想像のかぎりを尽くし、そしてやるべきことをやり、すべてに片をつけた。やがて日が暮れ、溝口はその瞬間が来るのをじりじりと待つ。金閣を燃やせば、認識と経験をへだてる届かなさは埋まり、自己の内側と外側が一致して生の虚無が解消されるはずだ。彼はそれを夢見る。

〈『もうじきだ。もう少しの辛抱だ』と私は思った。『私の内界と外界との間のこの錆びついた鍵がみごとにあくのだ。内界と外界は吹き抜けになり、風はそこを自在に吹きか

ようようになるのだ。〉
溝口は作事場《さじば》の藁《わら》をかかえ、あらかじめ釘の状態を確認しておいた北側の板戸にむかう。

小説における最大の〈はみだし理論〉が作動するのは、そのときだ。いよいよ行為におよぶ一歩手前、あとは火をつけるだけという段階になり、溝口はもしかしたらこれ以上の行為は無駄ではないかとの思いにうたれるのだ。

〈『私は行為の一歩手前まで準備したんだ』と私は呟いた。『行為そのものは完全に夢みられ、私がその夢を完全に生きた以上、この上行為する必要があるだろうか。もはやそれは無駄事ではあるまいか。（中略）見るがいい。今や行為は私にとっては一種の剰余物にすぎぬ。それは人生からはみ出し、私の意志からはみ出し、別の冷たい鉄製の機械のように、私の前に在って始動を待っている。その行為と私とは、まるで縁もゆかりもないかのようだ。ここまでが私であって、それから先は私ではないのだ。……何故私は敢て私でなくなろうとするのか』〉

溝口はここで一度、やはり柏木のほうが正しかった、世界を変えるのは認識なのだ、と無力感におそわれる。ところが、ここでまた思考はひっくり返され、もう一段深みにいたる。〈仏に逢《お》うては仏を殺し、祖《おや》に逢うては祖を殺し、羅漢《らかん》に逢うては羅漢を殺し〉

という『臨済録《りんざいろく》』示衆《じしゅ》の一節が思い浮かび、この言葉が溝口に力をあたえるのである。〈心の一部は、これから私のやるべきことが徒爾《とじ》だと執拗に告げてはいたが、私の力は無駄事を怖れなくなった。徒爾であるから、私はやるべきであった。〉

徒爾（無駄）であるからこそやるべきだ。

ここに三島由紀夫の行為論の核心が表現し尽くされている。

意味という観点からみると、もはや放火は無駄事になってしまったかのように思われる。なぜなら溝口は実行にあたってそれを考え尽くし、予期し尽くし、可能なシミュレーションをすべておこない、その結果起こりうることを想像し尽くしたからだ。つまり認識により行為を丸裸にしてしまった。ここまでやれば、本当に行為したとしても、結果は予測通りとなるだろう。だったらやる意味がない。

このように三島は一度溝口の行為を認識に屈服させている。もし溝口が認識論者であれば金閣を焼く必然性はこのとき失せたはずだ。だが溝口が認識の範囲内に留まることを、作者三島はゆるさなかった。三島は、溝口の行為を認識のフィルターでいったん濾《ろ》過《か》し、純粋にはみだした部分だけを抽出し、そのうえで溝口に決行させているのである。溝口が望むように内界と外界の溝を埋めるには純粋な行為でなければならず、そのためには意味フィルターにより濾過させ、行為を無駄事にする必要があったのである。

こうして溝口は金閣に火をつける。

物語はここからラストにむかい一気に疾走するが、三島は最後の最後で、さらに凝《こ》った仕掛けを二つ用意している。

まず、自殺しようという溝口の最後の意図が、金閣そのものによって拒まれる場面だ。藁に火をつけた溝口は、金閣三階の究竟頂《くきょうちょう》で自らも業火に焼かれて死のうと考える。そして煙に巻かれながら階段を上り、究竟頂にむかう。

ところが、どうしたことか扉には鍵がかかっており頑強に閉ざされている。誰かが内部から扉を開けてくれるのではないかと期待し、溝口は必死に扉をたたく。たたくだけではなく、じかに体当たりもする。足下で火が爆《は》ぜる音がし、煙で気を失いそうになるが、それでも必死にこじ開けようとする。

しかし結局扉は開かない。こうして溝口は死に場所を見失い、階段を一気に下り、自分でもどこにむかっているかわからないまま闇雲に駆けてゆく。

もう一つの仕掛けはラストの一文である。

死に場所を失った溝口は、燃え盛る金閣を見ながらひとりたたずむ。火の粉を舞い散らせ、金砂子を撒いたように空を赤く染めながら、究極の美である金閣が滅びようとする。膝を組んでそのさまを眺めた溝口は、自殺用に用意した薬品と刃物をポケットから取りだす。

ところが溝口は自死を選ばなかった。最後にこの自殺用のアイテムを谷底に投げ捨て、ポケットに煙草が入っていることに気づき、ラストの一文が書かれる。

〈別のポケットの煙草が手に触れた。私は煙草を喫《の》んだ。一ト仕事を終えて一服している人がよくそう思うように、生きようと私は思った。〉

この結末はいったいどのように考えたらいいのだろう。

究竟頂のくだりはそれほど難しくはない。究竟頂は永遠の美たる金閣のなかでも最上階に位置する、いわば先端のなかの先端だ。そこには〈わずか三間四尺七寸四方の小部屋〉があるだけだが、〈その小部屋には隈なく金箔が貼りつめられている筈〉である。

私なりの冒険の論理をここにあてはめると、冒険家がどんなに困難な山に登っても、生きているかぎりは死までの余白がのこり、絶対に生の先端にはたどりつけないのだが、まさにその先端が究竟頂として表現されている。

溝口はこの先端に到達し、金閣と一緒に焼け死のうとした。つまり生の完全燃焼ポイント（＝死）をめざしたのだが、その試みは金閣自身によって拒まれたのだ。

ここには冒険家がいだく煩悶とおなじ、生きているかぎりは絶対に生の究極には届かない、人はその届かなさをかかえて生きてゆくしかないという、三十一歳だった青年三島の結論がしめされているように思う。

そして最後の一文である。三島は溝口を死なせるのではなく、生かした。ここは解釈がわかれるところだと思う。

小林秀雄は三島との対談で『金閣寺』を〈魔的〉とまで評し、絶賛したが、結末だけは納得がいかず〈殺すのを忘れたなんていうことは、これはいけませんよ。作者としていけないよ〉と釘をさしている（小林秀雄・三島由紀夫「美のかたち」、三島由紀夫『対談集源泉の感情』河出文庫）。

たしかに小林が指摘するように、小説としての完成度を考えたら、溝口が最後に薬品を飲んで自殺したほうが、物語としてのすわりはいい。死と滅びにむかって一気に高まる終局の疾走感を考えると、煙草をすい、そして生きようと思ったという溝口の態度と口ぶりは、どこか場違いで、物語の全体構造から浮いている。なぜ三島は最後にこんな余計な一文を入れたのか。

私の理解は、三島は例の〈はみだし理論〉をここにも埋めこんだのではないか、というものだ。今書いたように最後の生きようという宣言は、物語としては余計だ。全体から浮き、はみだしている。でもそれこそが三島の最終的な意図だったのではないだろうか。

〈はみだし理論〉は、純粋なものは意味体系から逸脱しており、本質的に無意味だ、というものだ。そう考えると、三島はラストの一文を小説全体からはみださせることで、この文章の純粋性を確保したのではないか。

そしてそれが必要だったのは、この文章だけは虚構の世界に生きる小説の主人公溝口の独白ではなく、現実的存在である三島の独白だったからではないか。

直前で三島は、溝口に生の究極ポイントである究竟頂への到達に失敗させている。それにより小説の結論として、生にはかならず届かなさがのこる、という哲学を確定させた。そのうえで小説全体からはみだした最後の一文として、生きようと思ったと書く。

この〈生きようと思った〉は、溝口ではなく三島の独白だ。三島本人が最後のはみだしたところに登場し、「これから自分は現実世界でしっかりと生きてゆく。これまでのように言葉や認識で閉じた世界に生きるのではなく、行為をして経験をかみ砕きながら生きてゆく。行為は完全ではない。行為の質をいくら高めたところで、溝口のように究竟頂までの距離はのこるだろう。しかしそれでも私は生きる。虚無を引きうけたうえで、それでも私は生きることにする」と宣言しているのではないか。

三十一歳でこの小説を世に問うたとき、三島は生きる希望に燃えていた。ところが十数年後に開かずの間だったはずの究竟頂の扉をこじ開け、彼の金閣とともに焼け死ぬことになるのだ。

第六章　実在の精髄

1　認識的なものの否定と冷笑

三島由紀夫にとって行為とはいったい何だったのか。経験とはどのようなものだったのだろうか。

彼の死のこととなると、どうしても話は政治的主張にからんだものに行きがちだが、正直いって私はそこにあまり関心はない。関心があるのはその根底にある彼の生きる原理というか、そういうものだ。

要するに行為論であり、行為と表現の関係の問題である。言語表現の不完全性を行為をもっておぎなおうとしたとき、彼はなぜ死ななければならなかったのだろう。

不思議なことに、彼は大作家でありながら、認識によってこの世の真実に到達しようという、まさに作家的としかいいようがない言語表現的営為を憎んでさえいた。

最晩年の短いエッセイ「果たし得ていない約束―私の中の二十五年」にこんなことを書いている。〈私は昭和二十年から三十二年ごろまで、大人しい芸術至上主義者だと思われていた。私はただ冷笑していたのだ。或る種のひよわな青年は、抵抗の方法として冷笑しか知らないのである。そのうちに私は、自分の冷笑・自分のシニシズムに対してこそ戦わなければならない、と感じるようになった。

この二十五年間、認識は私に不幸をしかもたらさなかった。〉（『文化防衛論』ちくま文庫）

まったくおそるべき呪詛《じゅそ》である。最後になると彼はここまで認識的なものを否定していたのである。いったいどうしてここまで否定したのか。

抵抗の方法としての冷笑。この言葉からは、薄暗い書斎に閉じこもった血行の悪い色白の青年像が思いうかぶ。現実との接点をもたず、感受性による認識の力だけで世界を腑分けしようとする二十代の青年。現実を知らない青年は、いつの時代もそのコンプレックスゆえ、逆に現実の事物に躓き、もがき、必死に行動しようとする人々をニヤニヤしながら見下す。このような、ただ虚しいだけのシニシズムと訣別《けつべつ》するため、彼は『仮面の告白』や『金閣寺』でこれを文学的主題としてとりあげ、断罪したのだろうか。彼の文学がつねに彼の実人生の裏返しだったのは、まちがいない。

興味深いのは、彼が芸術至上主義者だった時代を昭和二十年から三十二年頃と、時間的に区分していることだ。三島の満年齢は昭和の年数と同じなので、昭和二十年から三十二年というのは二十歳から三十二歳のことである。ここまではっきりと自分史を年齢で区切ることは普通はしないだろうし、できないだろう。時間はぼんやりと流れ、変化はいつのまにか起こっているものだ。

しかし三島の場合はそうではなかった。変化は明瞭におとずれ、三十二歳頃、急に彼は芸術至上主義者ではなくなったのである。

三十二歳頃、彼にいったい何があったのか。筋トレをはじめたのだ。

三十二歳というのは『金閣寺』を刊行した翌年でもある。三島はこの作品の最後で自分は生きると宣言したわけだが、その裏で、こんなことを言ってのける踏切板になったのが、おそらく筋トレであった。肉体改造をほどこすことで、コンプレックスを払拭してシニシズムと訣別し、行動によって現実世界にたちむかう意志をしめしたのである。

ただし、その前に太陽と和解し、日光浴をはじめるという前段階があった。

薄暗い書斎における執筆と対照的な明るい外界での行動。それを三島はしばしば太陽という言葉で表現した。彼がその太陽なるものと出会ったのは、二十六歳から二十七歳にかけての半年間にわたった世界周遊にむかう途上の、船の甲板での日光浴だった。〈ハワイへ近づくにつれ、日光は日ましに強烈になり、私はデッキで日光浴をはじめた。以後十二年間の私の日光浴の習慣はこのときにはじまる。私は暗い洞穴から出て、はじめて太陽を発見した思いだった。生まれてはじめて、私は太陽と握手した。〉〈私に余分なものといえば、明らかに感受性であり、私に欠けているものといえば、何か、肉体的な存在感ともいうべきものであった。すでに私はただの冷たい知性を軽蔑することをおぼえていたから、一個の彫像のように、疑いようのない肉体的な存在を持った知性しか認めず、そういうものしか欲しいと思わなかった。それを得るには、洞穴のような書斎や研究室に閉じこもっていてはだめで、どうしても太陽の媒介が要るのだった。〉(「私の遍歴時代」『太陽と鉄・私の遍歴時代』中公文庫)

年譜を見ると、薄暗い洞穴から這い出て太陽を発見した三島は、世界周遊から帰国して三年後の三十歳のとき、ボディビルを開始し、骨と皮ばかりの爬虫類的体質から脱皮して、見事に筋肉が隆起した褐色のボディを手にいれることになる。

肉体改造だけではなく、『金閣寺』執筆と刊行を経て、三十三歳のときからボクシングを練習する。ボクシングは脳にダメージをあたえる（文学ができなくなる）という理由でまもなく止めたが、そのあとにはじめた剣道では最終的には五段まで昇進した。さらに四十二歳からは自衛隊の体験入隊をくりかえした。

三島は様々な媒体で行動論、スポーツ論、武道論を発表したが、なかでも、現実や経験や行為との関連で重要なのは、死の二年前となる四十三歳のときに刊行した評論『太陽と鉄』だろう。

ここに行為というものを三島がどのように捉え、現実経験と言語表現とのあいだの離隔をいかに乗り越えていくかのエッセンスが、もっといえば死への道筋の理路がきわめて精緻に語られている。

2　言葉は現実を蝕む

以下、『太陽と鉄』の内容を見てみよう。

太陽と和解して日光浴をはじめ、それからボディビルで肉体を鍛えあげたことからもわかるとおり、三島の現実経験への参入は肉体をひとつの基礎単位としている。だから『太陽と鉄』の行為論は肉体論が軸となる。そして肉体論がはじまる前段階として、書斎に閉じこもっていた芸術至上主義者時代の認識論、言語論が分析される。

彼は、言葉でできた文学の世界とは対照的なナマの経験世界を〈現実・肉体・行為〉というふうにひとまとめにする。この〈現実・肉体・行為〉は、三島によれば、言葉によって蝕まれることを宿命づけられている。なぜか。それは言葉というものは抽象化作用を原則としており、ナマの事物と正確に対応していないからだ。

たとえばいま、私の目の前には机がある。私はそれを単に机と書く。しかしひと言で机と書いても、机には古い机、汚い机、大きな机と色々あり、机と書いただけではそうした個別性は表現できない。しかし通常の言語表現では、目の前の机を〈イケアで買った黒色の大きな机〉などとは書かず、机と書くだけだ。言葉はそもそもコミュニケーション手段として成立したものであり、ある程度の意味が伝われば事足りる。いちいち詳細を説明していたら話が進まないからである。

しかしこれが言葉の限界を生むことにもなる。つまり言葉で何かをいっても、それはそのモノの一般的性質を述べるだけで、目の前にあるモノのナマの個別性は捨象される。だから言語表現では真の現実には届かず、かならず目の前のモノとちょっとズレるという距離を生み出す。

だがこれは表面的な話でもある。三島はもっと突っこんで〈蝕む〉と書いている。対応しないだけではなく、言葉は現実を蝕むのである。

前に引用した白木の比喩がここで語られる。言葉による認識が先行したため、肉体は白蟻に蝕まれた白木のような姿で現われた、とする比喩である。『金閣寺』でも言葉による現実の腐食作用が語られていた。父親の話や金閣という字面によって主人公溝口は壮麗なイメージをふくらませるが、現実の金閣を見たらそれは貧相な三階建てにすぎなかった、という話である。

言葉は現実に届かないだけではなく、現実を蝕む作用がある。つまり、一般性をあつかう言葉には純潔なイメージを醸す性格があるが、ナマの事物は言語イメージほど純潔ではないのである。だから先に言葉で認識されると、現実の事物がもつ純ではない、生々しい側面が妙に目につく。言葉が先行しなければ疑問なくうけいれられた程度の不純さ、生々しさでも、言葉の純的なフィルターを通すと、それはどこか見苦しいものとなる。言葉による腐蝕とは、こういう作用をいうのだろう。

三島にとって〈現実・肉体・行為〉は幼児の頃から言葉により蝕まれたものとして立ちあらわれていた。これはきわめて特殊な状況といっていい。そこで、少年三島は生きるための独特な自衛策をとらなければならなかった。それは、この蝕まれた〈現実・肉体・行為〉にはあえて関与しないという策である。

現実は言葉により蝕まれているわけだから、これと出会わなければ、逆に言葉による純潔をたもつことができる。ある種のファンタジーのなかで生きるということだ。そしてこの道を突き進めば、美しい文学世界を創造することができるだろう。こうして少年三島は芸術至上主義者としての道を歩みはじめ、腐蝕した現実に出会わないよう、慎重に現実や経験を避けるようになった。

その反面、言葉の腐蝕作用は〈現実・肉体・行為〉にたいする独特の理解をはぐくむことにもなった。それは純粋性にたいする一風変わった哲学で、純粋な現実、純粋な肉体、純粋な行為というものは、言葉による関与から逃れた領域にしか存在しない、という考え方である。

3　透明な存在の肉体、無駄な筋肉

このあたりの論理は『金閣寺』の〈はみだし理論〉と同じだ。『金閣寺』で主人公溝口は、金閣放火という行為を認識によりまる裸にし、やっても意味がないという地点まで追いこみ、そして犯行におよんだ。このように、三島にとって純粋な現実というものは言葉による意味化から逃れたところにあるものだ。そしてその純粋さのもっとも身近な実例こそ肉体なのである。

三島のなかで肉体は純粋だったが、それがなぜかというと肉体が無意味だからだ。

これはとても不思議な考え方だ。

普通の感覚であれば肉体とは重々しい実質だろう。〈私〉という存在が物理的に結晶化した実体、それが肉体である。肉体が元気であれば精神も生き生きし、肉体が衰えれば終局としての死を意識することになる。だから筋トレにはげみ筋肉がたくましさを増せば、それだけ自己存在そのものである肉体の輪郭線はくっきりし、自分がこの世に存在するという実感は増すことになる。

ところが三島の論理ではそういうことにはならない。

三島において、肉体とはガラスのように透明な存在であり、筋肉とは皮膚の表面で発生する無駄な隆起なのだ。なぜかといえば〈近代生活に於てほとんど不要になった筋肉群は、まだわれわれ男の肉体の主要な構成要素であるが、その非実用性は明らかで、大多数のプラクティカルな人々にとって古典的教養が必要でないように、隆々たる筋肉は必要でない〉からである。

筋肉を鉄アレイで鍛えあげる。鉄アレイという対象があるとき、筋肉はその重みを感じ、その均衡において自己の存在感覚はみたされる。だが鉄という対象をうしなったとき、筋肉は絶対孤独におちいり、蒸発する汗とともに存在感覚をうしなう。そのとき筋肉は無意味になる。だが、逆説的ではあるが、そのときはじめて筋肉はその独自の力を発揮し、いわば対象ありきの曖昧な存在感覚を打ち砕き、対象など必要としない独立不《ふ》羈《き》といえる力の純粋感覚を獲得する。

対象や意味から解き放たれ、孤独に、無意味に、自らをもてあましてそこにただ在るとき、それは純粋であり、透明なのだ。

鍛えるほど筋肉は抽象度を増し、〈発達すればするほど、一般性と普遍性の相貌を帯びはじめ、ついには同一の雛型に到達し、お互いに見分けのつかない相似形に達する筈なのである〉。この個別性や内実をうしなった表面性こそが、三島にとっては筋肉がもつもっとも喜ばしい特性であった。

ふざけているのだろうか……とつい疑いたくなるような理論であるが、三島は大真面目である。その証拠に彼はこの論理の行きつく先に自刃しているのだから。

この個別性および内実の消去こそ、行為をつうじて目指すべき彼の最終地点であるが、このことについては、筋トレとは別の体験が彼を決定的な覚醒へとみちびくことになった。方々の文章で言及した神輿《みこし》体験がそれだ。

神輿をかつぐことで彼が知ったのは、担ぎ手が皆、空を見あげていることだった。神輿をかつぐ人はみんなで同じ肉体的負担を分かちあい、同じ苦痛を味わい、等量の酩酊におかされる。感覚の個人差が極小化され、個人が集団に溶けこんだとき、〈私は皆と同じだ〉という陶酔がおとずれる。そのとき皆で上を見あげる。そこにあるのは青い空、何もない空虚な空間だ。内実を消し去り、ひとりひとりが透明な存在となって見あげる空こそ、行為者のパトス（情念）の核心なのだと三島は気づく。

このとき、それぞれの担ぎ手の個別性を消去する装置こそ、まさに抽象的な筋肉におおわれた透明な肉体なのである。

肉体の鍛錬と神輿をかついで見た空は、三島に決定的回路をもたらした。すなわちこの体験をつうじて、言葉では絶対に届かない領域があることを発見したのである。

三島はこのように書く。

たしかに言葉は〈言うに言われぬもの〉を表現しようとし、時折それに成功することがある。しかしそれは言葉の精妙な配列が、読者の想像力を喚起するときにおきる現象だ。つまりその成功は、あくまで読者の想像力と作家の表現能力が共犯関係をむすぶことで実現した、現実という具象世界の擬制《ぎせい》にすぎない。したがって巧妙であればあるほど、その表現は現実を神秘のベールでおおい隠すことになる。どうあっても言葉は事物には届かない。届いたと思えたとしても、それは芸術作品が喚起する想像力がいだかせる錯覚にすぎないのである。

　さらにもうひとつ、三島は言葉と表現にまつわる矛盾を指摘している。先ほど触れたように、言葉はもともとコミュニケーション手段として成立したため、モノの世界を均質化させる力をもつ。机といえども、大きな机もあれば小さな机もあり、それぞれちがうが、いちいちそのちがいに言及していたら話が進まない。なので、脚と天板をもつ事務用の作業台という共通項でくくり、〈机〉と命名してお互いの共通理解とする。それにより言葉の世界においては机の個別性は無視され、本当はバラバラな机が同じような〈机〉として均質化される。

　ところが、それを表現芸術に高めた途端、反対の原理がはたらく。たとえば表現の均質化を極限まで進めたら、文章は数式みたいな記号の羅列となってしまい、読者がまったく興味をもてないものとなる。読者に本を読ませるには、作家が独自の文体を開発し、言葉を自分のものにすることで魅力ある表現をものにしなければならない。つまり言語がコミュニケーションから離れて芸術となるとき、均質化ではなく個別化の原理にしたがうのである。

　だが、この文章表現が宿命としてかかえる個別化は、三島が発見した筋肉や神輿の経験とはまったく反する原理である。三島が見つけた〈現実・肉体・行為〉の究極の相、それは抽象度を増した筋肉であり、神輿がもたらす集団的陶酔だ。個別性を消去し、自分を透明な存在にすることではじめて経験できる相であり、個別性の原理にもとづく言語芸術では到達できないのである。

4 〈実在の精髄〉

三島はボディビルにつづき、ボクシング、剣道、自衛隊体験入隊と行為の幅をひろげ、独自の〈現実・肉体・行為〉の世界を深めてゆく。そして拳の一閃のむこうに、竹刀の一撃の先に何かが存在することを突きとめる。

それは何か？　ここは極めて重要なところだ。

三島にとって肉体の鍛錬や武道の修行は、〈肉体の感覚器官の及ぶ紙一重先にある、「究極感覚」ともいうべきものへの探究の試みであった〉。行為を追求し、感覚器官を研ぎ澄ませたとき、その先には何かがあるのだが、言葉ではその何かには絶対に届かない。『太陽と鉄』のなかで、三島はそのことを、これ以上ないほどはっきり書いている。

〈そこには、何もない空間に、たしかに「何か」がひそんでいた。力の純粋感覚を以てしても、その一歩手前へまでしか到達できないのだが、まして知性や芸術的直観では、その十歩二十歩手前へさえ行けないのである。なるほど芸術は何らかの形で、それを「表現」することはできるだろう。しかし表現には媒体が要り、私の場合は、その媒体たる言葉の抽象作用がすべての妨げをなすと考えられたから、表現という行為自体の疑わしさからはじめた者が、表現で満足する筈はなかった。〉

たとえ言葉がそれを表現しえたとしても、行為の深みを知ってしまった以上、もはや表現などでは満足できない、と彼は明言している。

では、この〈何か〉とは何なのか。彼はそれを〈実在の精髄〉と呼ぶ。あるいは〈絶対〉とか〈絶対者〉などと呼ぶときもある。それは言葉では届かないものなので、三島の天才的な言語表現能力をもってしても、このような陳腐な表現しかゆるさないのである。

〈拳の一閃、竹刀の一打の彼方にひそんでいるものが、言語表現と対極にあることは、それこそは何かきわめて具体的なもののエッセンス、実在の精髄と感じられることからもわかった。それはいかなる意味でも影ではなかった。（中略）絶対に抽象化を拒否するところの、（ましてや抽象化による具体表現を全的に拒否するところの）、あらたかな実在がぬっと頭をもたげていた。〉

そして三島は決定的とも思える理解の地点にまで、考察をおしすすめている。それは登山家や冒険家がかかえるあの虚無、生きているかぎりは究極的な地点には届かないという、あの虚無である。

〈われわれは「絶対」を待つ間の、つねに現在進行形の虚無に直面するときに、何を試みるかの選択の自由だけが残されている。いずれにせよ、われわれは準備せねばならぬ。この準備が向上と呼ばれるのは、多かれ少なかれ、人間の中には、やがて来るべき未見の「絶対」の絵姿に、少しでも自分が似つかわしくなりたいという哀切な望みがひそんでいるからであろう。（中略）しかし、この企図は、必ず、全的に失敗するのだ。なぜなら、どんな劇烈な訓練を重ねても、肉体は必ず徐々に衰退へ向い、どんなに言葉による営為を積み重ねても、精神は「終り」を認識しないからである。〉

精神は終わりを認識しない。究極の行為を成し遂げたと思っても、時間の経過とともに言葉による認識がその行為を意味化し、もっとできたのではないかと反省を生み出す。そしてもっと究極の先端へ、生の完全燃焼ポイントである死へ近づこうとする。でもそんなことをいくら積み重ねても先端へは届かない。やがて肉体は衰弱へと向かい、人生の下り坂がおとずれる。その境目は四十三歳かもしれないし、ほかの年齢かもしれない。でもとにかく衰退ははじまる。膨張期が終わり、衰退期にはいると、届こうという意志は薄れ、やがて届こうと思わなくなる。

〈絶対＝実在の精髄〉に到達しようという試みは、すべて失敗する。そう彼は言っている。そしてそれは肉体的衰退、つまり年齢と大きく関係しているとも……。

三島が自刃したのは四十五歳だ。四十五歳でなければならない必然があったということだ。

5　言語芸術の鬼の陳腐な言い回し

それにしても〈実在の精髄〉とはいったい何なのだろう。

ボディビルやボクシング、剣道、自衛隊体験入隊をつうじて行動家として覚醒した三島は、拳の一閃、竹刀の一打の先に、〈実在の精髄〉としか呼びようのない何かがひそんでいると書いている。そしてそれは言語ではとらえられないもので、それとの一体化を望んでも、その企図はかならず、全的に失敗するとも述べている。

三島がいう〈実在の精髄〉は、冒険家が内にかかえる〈死の余白〉、登山家が追い求める究極の山としての〈自分の山〉と構造的におなじだ。

登山の世界であれば、それは、いつまでも尽きることのない困難さの追求というかたちであらわれる。ある山の登頂に成功すると、つぎはあの山を登りたい、という新たな目標としての〈自分の山〉が生まれる。登るほどに〈自分の山〉はどんどん大きく、困難になるが、生きている以上、死の余白は埋まらないため、究極に納得できる行為はついにおとずれない。どんなに山をきわめても、その一歩手前までしか行けない。そこに辿りつけることがあるとすれば、それは遭難死したときだ。それが登山、冒険における生と死の論理だった。

これとまったく同じことを、三島は、自決の直前におこなわれた文芸評論家古林《ふるばやし》尚《たかし》との対談で述べている。

〈絶対者に到達することを夢みて、夢みて、夢みるけれども、それはロマンティークであって、そこに到達できない。その到達不可能なものが芸術であり、到達可能なものが行動であるというふうに考えると、ちゃんと文武両道にまとまるんです。到達可能なものは、先にあなたのおっしゃったように死ですよね。それしかないんです。〉（「三島由紀夫最後の言葉」『太陽と鉄・私の遍歴時代』中公文庫）

晩年の三島はこのように、言語芸術では〈絶対者〉や〈実在の精髄〉に届かない、行為をもってするしかない、とくりかえし述べている。行為をもってすれば届くこともあるが、届いた場所は死である、と。ここまで断言されると、彼の死に行きつく論理の中心に〈実在の精髄〉があるのはまちがいない、と私には思える。

不思議なことに、三島に関する本を色々読んでも、〈実在の精髄〉についての詳しい考察は見たことがない。どうしたことか、三島の行為論の核である〈実在の精髄〉を、ほとんどの論者は無視しているようだ。その理由を憶測すると、三島のことを語るのは行動家ではなく、作家や評論家や学者といった文筆家ばかりだからだろう。彼らは〈三島の嫌悪した〉書斎派で、身体をうごかすわけではないから、三島の行為論を皮膚感覚で理解できない。〈絶対者〉とか〈実在の精髄〉などといわれても、そんなものは観念にすぎず、現実の経験世界に事物として存在するわけではないと考える。だから論評のしようがない。何だかよくわからないことをいっているとしか思えないのだろう。

だが、私が思うに〈実在の精髄〉は現実に存在する。そしてそれは、三島がいうように言葉や概念をつうじてではなく、行為によってしか姿をあらわさない。逆にいえば、登山家でも格闘家でも運動選手でも兵士でも、肉体を駆使して行為を真摯に追求した者にはかならず直観され、感得できるものだともいえる。

たしかに言語でそれを精確にいいあらわすことはむずかしい。三島ほどの言語芸術の鬼をもってしても〈絶対者〉とか〈実在の精髄〉といった陳腐な言い回しでしか表現できなかったのだ。

でもそれは現にある。言葉の向こう側にある。どのような形態で存在するかといえば、現実の自然界に事物として存在する。その形態は流れるようにしてとどまることがないため、言葉による文節作用をすりぬける。

私はこれまでの経験からそう考えるし、いまでは別に死という究極の行為を介さなくても、〈実在の精髄〉に到達できるのではないかとも思うようになった。

私が思うに〈実在の精髄〉は自然界のいたるところに満遍なく存在している。それが経験世界に足場をもつ物理的存在であることはまちがいないのだが、おそらく人間の神経回路の生理学的な限界から逸脱しているため、普通に暮らしていたら、言葉どころか五感で知覚することもむずかしいのではないかと思われる。でも、たしかにそれは目に見えないかたちで遍在するのである。

そして三島もそのことを知っていた。たとえば『金閣寺』の冒頭につぎのような文章がある。

〈遠い田の面が日にきらめいているのを見たりすれば、それを見えざる金閣の投影だと思った。福井県とこちら京都府の国堺をなす吉坂峠は、丁度真東に当っている。その峠のあたりから日が昇る。現実の京都とは反対の方角であるのに、私は山あいの朝陽の中から、金閣が朝空へ聳《そび》えているのを見た。

こういう風に、金閣はいたるところに現われ、しかもそれが現実に見えない点では、この土地における海とよく似ていた。〉

たしかに〈実在の精髄〉を文学的に表現するとこのようなものになるだろう。〈実在の精髄〉＝金閣は、この世界の空間という空間をくまなく充たす、いわばエーテルみたいな何かであり、あらゆる事物、存在者を生みだし、死滅させる何か力のようなもの、といったイメージだろうか……。

私もこの金閣とおなじものを北極での探検旅行や登山で感得することがある。思い出すのは二〇一一年のはじめての北極旅行のときの〝感覚〟だ。

この旅は、極北カナダの氷原を数カ月かけて歩きとおす極めてハードなものだった。出発地点であるレゾリュートベイ（北緯七十四度四十一分）を出たのは三月中旬、荷物荷物を満載した橇を引いてスキーで歩き、海氷や雪原をひたすら行進し、六十日後に最初の目的地である千六十キロ先のジョアヘブンに到着した。

そこで十日間休養し、今度は五百数十キロ南にあるベイカーレイクの集落を目指して前進を再開する。季節は春から初夏にうつりかわり、日は高く昇り、融雪の水が川を激流に変え、湖氷も徐々にとけていった。スキーや橇は途中で捨て、荷物はすべてバックパックに収納して雪氷の消えた大地を歩き、湖や川は軽量のゴムボートで越えた。そして夏になり、おびただしい数の蚊が体中にまとわりつきはじめた頃、ようやく最終目的地であるベイカーレイクに到着した。

行動日数百三日、千六百キロもの距離を、途中で補給をうけることもなく歩きとおしたこの旅は、肉体的な疲弊という点でいえば、私の長い探検経歴でもっとも過酷な旅のひとつだった。とくに前半のレゾリュートベイからジョアへブンまでの雪氷区間はきつかった。橇の重さはゆうに百キロを超え、気温は氷点下四十度近くまで冷えこみ、風や潮のうねりの圧力で、巨大な氷が信じられないほど高いところに持ちあげられたひどい乱氷帯がつづいた。空襲直後のような氷の廃墟のなかで、橇を押しあげ、たたき落とし、とぼとぼ進む。身体は痩せこけ、エネルギーの消尽ポイントに近いところまで肉体は追いつめられた。

〈実在の精髄〉はこの極限的肉体行のさなかに知った。とはいえ、このとき私がそれを知ったのは、肉体を極限に追いこんだことで感知したのではなく、別の角度からその存在を嗅ぎとった、という感じだった。

北極で肉体的に過酷な旅をする。鉄アレイを持ちあげることで筋肉がみずからの存在を自覚するように、極限的な行為は必然的に対象とぶつかり、そこに言葉では汲みつくせない何かがあることを知覚する。

北極でいえば、それは北極を北極たらしめる北極性ともいうべきものだろう。知覚の順序としては、本来はそうあるべきである。ところが私はこの旅のあいだ、この北極の北極性みたいなものをつかみとったと感じたことは、ついぞなかったのだ。

むしろ、私は終始、切り離されている……と感じていた。レゾリュートベイを出発して、重たい荷物を引き、スキーでしっかりと、これまでの人生で経験したことがないほど重々しい足どりで大地を踏みしめ、歩行しつづけてはいる。それなのに何か大事なものから切り離されている……そんな違和感がぬぐえなかったのである。

いったい何から切り離されていたのか。

それは本来、接続されていなければならないはずの何かである。この北極の自然の奥深くに、いや表面に、ありとあらゆる細部に充満しているにちがいない、とても重要な何かだ。

たしかに自分は北極を歩き、目は氷原の広がる荒涼とした風景を見ている。だがその歩行は、スキーの裏面のシール（歩行用の滑り止め）と雪の表面が触れているだけの、表面的な移動にすぎない。眼球もまた北極の風景を見ているとはいえ、その〈見ている〉は単に網膜に光景が映っているだけの話なのだ。つまり自分の実体が北極の実体とうまく噛みあっていない。自分と北極は根本的なところで密接なつながりを欠いており、自分はいま北極を旅しているのではなく、通りすぎているだけだ……。こうした遊離感をかかえたまま旅は終わってしまったのである。

どうして私は北極から疎外されたのか。

当時の私は、その犯人をGPSだと断定した。GPSの画面には現在地の緯度経度、目標地点までの距離や方角、さらには歩行速度まで表示される。濃霧で視界が悪くても、太陽が見えずに方角がわからなくても、悪天候でテントでの停滞を強いられても、GPSは必要な情報を画面に示してくれる。文明の利器をつかうことで、周囲の生きた環境が乾いた三次元データに変換され、私は、北極といういま目の前で流れる生きた自然環境を、計量的にとらえていた。端末に表示されたデジタル情報は、言葉とおなじように現実とのあいだに距離を作り出し、ナマの事物から私たちを遠ざけるはたらきをするのである。

文明の利器は、私の生と自然のあいだに不要な距離を生み出した。そのぶん私は、私が生きているこの世界から疎外されていた。つまり疎外されたことではじめて、私は行為の先に、自分が本来接続されていなければならない何かがあることに気づいたのである。

生が本来接続されていなければならないもの。それはいったい何なのか。このときの私はそれを何か〈基盤的なもの〉だと感じた。私たちの生を充たす存在の基盤。北極であれば、それは北極を北極たらしめる何かだ。でも北極ではなくても、それは自然界にあまねく見出せるものにちがいない。あらゆる土地、あらゆる空間に充ち、私をふくめた、あらゆる存在と自然界のあいだを流れつつ、それらを生かし、結びつけるはたらきをする流動的な何かである。

この旅以来、私はこの〈基盤的なもの〉が何なのか気になりはじめた。この原稿を書いているいまも、現在進行形で気になっている。ある意味で、それ以降の私の探検や登山は〈基盤的なもの〉との距離をつめ、距離を消失させ、そこに届くための一連の試行錯誤だったといえる。

6　日高山脈＝金閣

そのためにはGPSを使用しないのは当たり前だが、私はそれ以外に、旅を発想するうえでの前提となる思考や行動原理を変えようとしつづけた。

具体的にいえば、近代的行動原理である目的地をめざす到達主義的な行動をやめて、狩猟や釣りを行動の中核にすえるようになった。そうすることで私の旅は、将来の一点にむけた直線運動から、今現在の出来事や風景によって展開が変わる漂泊的な運動になるだろう。漂泊的時間の流れのなかで〈今現在〉に没入し、事物事象とむきあい、重なりあうことが、あのとき嗅ぎとった〈基盤的なもの〉と一体化するための最低条件だと考えた。

そのように十年以上、おのれの行為を真摯に追求していると、時折、事物との距離が喪失し〈基盤的なもの〉と同化する瞬間がおとずれる。

そのもっとも劇的な体験が、二〇一七年夏に北海道日高《ひだか》山脈でおこなった地図なし登山だった。この登山の最大のポイントは、私が日高山脈の山域概念をまったく知らなかったという点に尽きる。どれだけ知らなかったかというと、山の名前も知らなければ、沢の名前も聞いたことがない。山名の知識がないため、〈〜山〉に登頂したいという希望や衝動もわかない。どこに山があるのか、そもそも本当に山があるのか、それすら疑わしい……そういう状態で、とある沢を遡行しはじめた。数万年前の原始の人類とまったくおなじ無垢の状態で大きな山塊に分けいったとき、いったい何が見えるのか、それを知りたかったのだ。

出発から一週間ほどたったころだろうか。下流部の河原歩きから一変し、中流から上流にいくと沢は徐々に険しさを増した。両岸は切りたち、雪に磨かれ、鈍く黒光りするせまい岩壁のあいだで滝が飛沫をあげ、そこに不安定で危険な雪渓がかかっていた。地図がないだけにその先がどうなっているのか、私にはわからなかった。日高の沢は難しくて悪い、という事前に先人たちから聞かされていた情報とイメージだけがふくらみ、威圧感を増してゆく。

この悪相はどれぐらいつづくのか、どこかでよくなるのか、ひょっとしたら頂上までつづくのか、そもそも頂上はどこにあるのか？　すべてがわからないまま遡行をつづけた。やがて驟雨となった。ひどく悪い高巻き（迂回して難所の先に出ること）で藪を越え、尾根の向こうに先の状態が見えたとき、私は絶句した。行く手に推定七十メートルの大滝が立ちふさがっていたのだ。滝の落ち口の先は右に屈曲し、驟雨と険谷《けんこく》がおりなす灰色の風景のなかに消えている。巨瀑を前に、私はこんなところは登れない……と暗然とし、沢を引きかえし、別の支流から頂上をさぐることにした。

登山のあと、私はそのときの経験を反芻した。自分はあの滝を登れなかった。登ろうともしなかった。あのときの自分はどのような存在様態にあったのか。

もし地図があったら……と仮定する。そうしたら私はあの滝を登れたかもしれない。なぜなら滝の先の沢の状態がある程度読めるからだ。地図を見て、滝の先に地形のゆるい野営できそうな二俣があるとする。それさえわかれば頑張って滝を越えようと思えたかもしれない。そう思えなかったのは、滝の先にまた別の滝やゴルジュ（両側に岩壁の迫った谷）があるかもしれず、悲惨な目にあうのが嫌だったからだ。要するに、人が何か行動をおこすときは未来予期をもてるかどうかが決定的なよりどころになる。

未来予期こそ人間の存在基盤そのものだ。登山において未来予期とは地図のことである。地図を見れば先の空間がわかり、それにより今後の計画がさだまれば、時間的に安定して、はじめて不安のない状態で登ることができるのである。

だが、そこまで考察したとき、私はある疑問にぶつかった。それで本当に山に登っているといえるのだろうか？

登山者は誰だって地図をもつ（今はスマホのアプリが主流かもしれないが、本質的にはおなじだ）。地図を見て、先のことを予期し、計画を立てながら山頂ににじりよってゆく。だが、この登山行為をよくよく解析してみると、地図をもとにえた未来予期を目の前でそびえる山に覆いかぶせることで、はじめてその山を登ることができる、という構造になっているわけだ。だから、目の前にある純然たる山それ自体に対峙しているのではない。地図＝未来予期というフィルターを覆いかぶせ、山が本源的にもつ未知と威圧感を削ぎ落としたうえで登っているにすぎない。

このとき私が知ったのは、地図を見たときに現象する山と、地図のない状態で現象する山とのあいだには決定的なちがいがあることだった。地図をもつかぎり、未来を予期しながら行動することになるので、実際にいま目の前にある山とは、そのぶん距離が生まれる。本当に登るべきは、未来予期のかかっていない、時間的にむき出しとなった裸の山なのだが、地図があるかぎりそこには届かない。

私があのとき直面し、逃げ出した巨瀑こそ、地図という未来予期がとりはらわれ、今現在だけがむき出しとなった裸の山だった。裸の山を登ることは、言葉や地図による秩序化をうけていない、原初的なカオスに入りこむことだ。それは近代的精神にはあまりに居心地が悪いことなので、私は思わずそこから逃げ出したのであるが、でもいま思い返すと、北極の旅で感じたような遊離感を日高でもったかといえば、それはなかったのである。なぜなら地図をもたず、目の前の山だけを見て判断することで、GPSをつかっていたときのような風景との距離は完全に消滅し、目の前の山と一体化していたからだ。

そのとき私は〈基盤的なもの〉とつながることができていた。届かないはずのものに、届いていていた。

この裸の山こそ、三島がいう〈実在の精髄〉なのではないかと時々考える。『金閣寺』につぎのような文章がある。

〈それは私と、私の志す人生との間に立ちはだかり、はじめは微細画のように小さかったものが、みるみる大きくなり、あの巧緻な模型のなかに殆んど世界を包む巨大な金閣の照応が見られたように、それは私をかこむ世界の隅々までも埋め、この世界の寸法をきっちりと充たすものになった。巨大な音楽のように世界を充たし、その音楽だけでもって、世界の意味を充足するものになった。時にはあれほど私を疎外し、私の外に屹立しているように思われた金閣が、今完全に私を包み、その構造の内部に私の位置を許していた。〉

この一文のなかの〈金閣〉を〈日高〉に変えると、私の地図なし登山の体験は完璧に表現され尽くす。

……それは私をかこむ世界の隅々までも埋め、この世界の寸法をきっちりと充たすものになった。巨大な音楽のように世界を充たし、その音楽だけでもって、世界の意味を充足するものになった。時にはあれほど私を疎外し、私の外に屹立しているように思われた日高が、今完全に私を包み、その構造の内部に私の位置を許していた。……

言葉＝地図＝認識の向こうに流れる〈実在の精髄〉は、行為をもってはじめて届くことができる。それはきわめて身体的な感覚だ。三島はそこに到達することをのぞんだが、しかし、その方法論を死のほかに知らなかった。

7　開高健の釣りの印象

三島由紀夫の行為論を、対象との調和という観点から考察してみたい。調和の議論になると、私はどうしてももう一度開高健を呼び出して、彼の釣りの哲学と三島の行為論とを対比してみたい誘惑にかられる。

前に開高健に触れたときに、私は、ベトナムの戦場から釣りにフィールドを変えた彼の選択を、妥協の産物にほかならないと否定的なニュアンスで書いた。

ベトナムの戦場で死地から生還した開高健は、この体験により生のぎりぎりの先端まで近づいたが、しかしそれゆえに、その後の人生では死の余白をもてあますことになった。彼の釣りという行為は、この死の余白を、いわば中途半端に解消するためにえらばれた疑似的冒険行為である。その選択は死の余白を解消することをめざすのではなく、希釈させるだけであり、生の完全燃焼ポイントにより近づくという冒険家のモラルから見ると次善の策にすぎない……。

もちろん開高健の場合は、その戦場体験があまりに限界に近かったので、それ以上死の余白を刻もうとしたら事実上の自殺となり、その意味で仕方がないのだが、でも希釈は希釈であり、本来のあるべき姿からは遠のいている——。

ただそう考えたのは、じつは三十代の私であった。

四十代に入り、それなりに経験を蓄積することで、私は開高健の釣りにまったく別の印象をもつようになった。それは私自身が狩りや釣りをするようになり、自然や土地との関係性が大きく変化したためでもあった。

おなじ自然を相手にした行動でも、じつは登山のような到達系と、狩りや釣りのような獲物系の行動では、自然や土地との関わり方が全然ちがってくる。登山だと登頂という絶対目標があるため、計画どおりにできるだけ直線的、効率的に進むことが優先され、途中で起きる予期せぬ出来事や、風景のこまかな相貌のちがいは切りすてられがちになる。

だが狩りや釣りとなると、そういうわけにはいかない。獲物はどこで出現するかわからず、不意に足跡や獣道があらわれたり、岩魚のポイントが出てきたりして、そのたびに行動をあわせないといけない。計画や事前の意図といったこちら側の事情を優先するのではなく、あくまで土地が垣間見せるそのときどきの呼吸にしたがわないと獲物は獲れないわけだ。

自己都合で動くのではなく、自然が提供する条件にあわせ、むしろそれに積極的に組みこまれ、同化したほうが色々とうまくいく。このように狩猟者や釣り師は、登山者よりもはるかに土地と一体化した存在になることが義務づけられている。これが釣りや狩猟における調和の原理である。

『オーパ！』（集英社文庫）をはじめとする開高健の釣り文学には、この土地との調和感が濃厚にただよっている。それはただ、その土地に行くだけのルポではない。釣りという行為を介することではじめて見えてくるその土地の実像を、彼独特の豪華かつ濃密な言葉の速射砲を駆使し、表現として結晶させるのである。

本来、行為には対象の内側を、その行為をつうじてつかみとるという性質がある。見ることだけでは対象の内側には届かない。内側を知るには行為が必要だ。

たとえばシーカヤックを漕ぐときはパドルを海中で回転させることで推進力を得るわけだが、そのときカヤッカーはパドルを海面に突きたてるという動作をつうじて、はじめて海中の潮流の向きや強さを知ることができる。登山で氷瀑を登るときにアイスバイルを打ちこむときもおなじことだ。バイルを打ちこむことでクライマーは氷の硬さ、軟らかさ、粘度などを身体的に知覚するが、それをつうじてはじめてその氷瀑の、そのときの難度を知ることができる。

潮流の向きや氷瀑の粘度といったものは、外側からの観察（＝認識。三島は見ることと認識を同列にとらえていた）だけでは精確に知覚できない内側のうごめきである。この内側は、パドルやバイルというモノにつたわる抵抗を筋肉でうけとめ、その重さと抵抗を感じること（＝行為）ではじめて正確にその大きさを把握できるわけである。

おなじように開高健は釣り竿で、外側から見るだけでは決して想像もつかないアマゾン川の内側をひっぱりだしてくる。刃物のように鋭い牙をもつピラーニャや世界最大の淡水魚ピラルクー、黄金の魚ドラドといった個性豊かな面々との一進一退の攻防をつうじて、アマゾン川がアマゾン川たる所以ともいえるその巨大さ、豊饒さ、懐の深さに入りこみ、彼はそれと一体化する。そしてそれが筆にのりうつっている。この行為と表現のなかに開高健とアマゾン川の至高ともいえる調和が実現している。

ここにみられる調和という土地との関係性は、じつは〈実在の精髄〉に到達するためのもうひとつの回路であると、私自身、狩りや釣りをはじめることで知るようになった。

狩りや釣りに成功するには、相手となる獲物の生態や習性を熟知し、それにあわせて、大地の流れに積極的に組みこまれたほうがうまくいく。そして対象の条件にあわせてうまくいくと、何やら独特のよろこびがこみあげてくる。このよろこびは、ただ単にうまくいったときには決して味わえない種類のものだ。

たしかに、いきなり目の前に獲物があらわれて狩りが成功するときもある。しかしそのようにして獲物が獲れても、じつはそこまで大きなよろこびは生まれない。単にラッキーというだけの話だ。それよりも、獲物の出没場所や生態を熟知し、動きを読み、土地に溶けこんだうえで獲れた獲物のほうが、はるかによろこびは大きいのである。

問題は、このよろこびは何か？　ということだ。それは単に獲物が獲れたというだけにはとどまらない何かだ。土地や獲物を深く知ることが成功につながるよろこび。つまりそれは、土地や獣の流れに自らが組みこまれ、抱きすくめられ、一体化しえたことのよろこび、調和のよろこびではないか。人間という存在を生み出す、母なる自然としての土地との始原的一体化。このよろこびのなかに、私は実在の精髄に触れえた瞬間があると思っている。

おそらく開高健もおなじことを経験的、身体的に感じていたはずである。でも、三島はそれを言葉のうえでしかわかっていなかったのではないかという気がする。

第七章　年齢と永遠の美

1　鹿狩りでわかった三島理論

私の考えだと、実在の精髄と一体化するには二つのアプローチがある。そしてそれぞれ年齢と密接な関係がある。

ひとつはそこに到達してしまうことを志したアプローチで、困難な山をめざすときの行動がそれにあたる。

しかしこの方法論には決定的な難点がある。何度もくりかえしてきたように、どんなに困難な山に登っても、生きているかぎりは究極の生の先端（＝死）とのあいだに距離がのこり、それを埋めることはできないという構造的限界だ。この方法論をとるかぎり、実在の精髄に達するには死ぬしかない。だから、はっきり言えば、このアプローチは現実的に生の虚無の解消にはつながらない。そして、この到達的アプローチは二十代から三十代の生の膨張期に特徴的な方法論でもある。

生の膨張期においては、内側の人間的エネルギーの拡大と呼応して、外側にある行為の対象もまた大きくなる。経験をつみ、体力と技術を高めた登山家は、それにふさわしい大きく困難な山を求めるようになる。強くなれば簡単な山では満足できない。もっと難しい山で、もっと烈しく生きたいという張りつめた衝動が上塗りされてゆくのだ。

だが所詮、人間は取るに足らない小さな生き物である。それにくらべると山の巨大さ、地球の深さはほとんど無限の規模があり、追いつくことは永久にできない。

ただし、逆説的になるが、追いつくことができないからこそ、それは美しいともいえる。

究極的なものに届くことは、生きているかぎり絶対にありえない。それが人類普遍の真理だとすれば、それを追い求める若者の遭難死は、この真理を体現しており、それゆえ美だからである。

もうひとつが狩りや釣りに代表的な、自然と同化するアプローチである。

到達的なアプローチは自分から山をめざすという方向性を見てもわかるように能動的だが、調和的なアプローチは、対象の条件に積極的に組みこまれることをめざすので、受動的（あるいは中動態的）だといえる。そして死をもってせずとも、うまくやれば実在の精髄と一致することができるという感覚を生みだす。

このアプローチは四十代以降の生の減退期に特徴的な方法でもあろう。一般的に人は加齢とともに生物学的な膨張エネルギーが減少し、それにともない生きることを求める切実さがやわらぎ、周囲をみわたす余裕が出てくる。中高年に狩りや釣りを趣味とする人が多いのも、そのためだ。開高健も初期の釣り紀行である『私の釣魚大全』や『フィッシュ・オン』を刊行したのは四十歳前後だった。

三島の最終的な行動について、私が不自然だと思うのは、彼が四十五歳にして、若者特有の到達的アプローチで実在の精髄と一体化しようとしたことだ。

たしかに三島の文章を読むと、彼は理屈のうえでは後者の調和の原理にもとづき行動しているようにも見える。それは肉体の透明性や神輿の体験について触れた文章に顕著だ。

三島は筋肉を発達させることで肉体をガラスのように透明にし、内実を消去しようとした。そしてその透明な肉体でもって神輿をかついだ。神輿をかつぐことは、ほかの担ぎ手と等量の負担を分かちあい、それによってそれぞれの個別性を消去し、集団的陶酔に溶け込むことである。つまり自分を個別的存在ではなく空気のようにするということだ。そして空気のようになって見上げるのが空である。無論、空にも実質はなく、空虚しかない。この空虚な空こそ三島にとっての実在の精髄であり、そこに到達するために必要なのが個人の透明性である。これが三島の行為論の核心だった。

この行為論は、狩りや釣りにおける、組みこまれることによる調和の原理に、なるほど近い。

たとえば森のなかで鹿を追うとき、狩猟者がどのような動きをするかというと、鹿のような動きをしようとする。鹿のような動きとは、自分が人間ではなく鹿の一頭と化し、鹿として森のなかでふるまうということだ。

殺気があったり、動きがぎこちなかったりすると、森のなかで妙な不自然さをはなつことになり、鹿に、おかしい……と気取られ、逃げられる。だからなるべく空気のようになり、肉体のなかに風が吹き抜けるような存在となることを意識し、森と同化しなければならない。同化できれば鹿に怪しまれず、逃げられることもなく、そして獲ることができる。人間と鹿とのボーダーを越えることで森と調和し、森から祝福された証として、鹿が死ぬ。狩猟とはこのようないとなみだ。

私が北海道の森で鹿を追うようになったのは二年前からだが、森のなかで足音を消しながら静々と歩いていたとき、三島が言っていた透明な肉体とはこのことなのか、とはじめて理解できた感覚をもった。

鹿になるためには人間性や自我といった余計な内実をうすめ、存在感を消さないといけない。それに成功し、森の空気と融合するとき、狩猟者は言葉ではとらえきれない大地の流れ、すなわち実在の精髄のなかで呼吸をしているのである。たしかにそれは神輿をかつぎ、空を見ることと同じなのかもしれない。三島はやはりすべてをわかっていたのだろうか……と彼の認識の鋭さをあらためて再確認したのだ。

それなのに彼は最後に自刃している。これはどういうことか？

自刃は、死の余白を無理矢理埋めて、生の完全燃焼ポイントに到達すること、つまり到達的アプローチである。文章で調和的アプローチについて語っておきながら、最後は到達的アプローチで死んでいるのである。

私の理解では、到達的アプローチは二十代、せいぜい三十代の生の膨張期にふさわしい行動である。四十五歳の男がとる方法としては、やはり不自然さを感じる。

2　他者という経験の不足

三島が年齢的に不自然な死に方をしたことを思うと、彼は本当の意味で経験というものを経験できなかったのではないか、との疑問をおさえることができない。最後の死もふくめ、彼の経験は、すべて認識の範囲内でおこなわれた疑似的経験にすぎなかったのではないか。言葉による認識が先にあり、現実はその認識の追体験でしかなかったのではないか、そういう疑問だ。

この疑問は、彼の経験には外部や他者というものがなかったのではないかという、もっと深いところから生じる別の疑問におきかえることができる。

他者とは、こちら側の生き方や運命に影響をあたえる制御不能な存在のことである。もちろんこれは人間だけにかぎったものではなく、登山なら山、極地探検であれば極地の氷原もまた他者として機能する。そして外部とは他者が存在する場のことだ。

経験が、こうした制御不能な他者との出会いだとしたら、それは予定不調和、偶然性、不合理性という言葉にいいかえることができるだろう。偶然にのみこまれる不合理性、それが経験というものだが、それは三島が性質的にもっとも敬遠した言葉であったはずだ。

三島は意志の人であり、よく知られるように、時間や約束やスケジュールを守ることを自らにつよく課していた。役所勤めのように毎日決められた時間に執筆し、約束の時間を守らなかった人物と交際をたつこともあったらしい。作品作りにおいても最後の一行がきまらなければ執筆にとりかからなかった、ともいわれる。

しかし、三島が意志の人であるなら、なぜ内実を消し、透明な肉体をもったときにはじめて実在の精髄に達することができると述べるのか。この点については、猪瀬直樹《いのせなおき》の『ペルソナ三島由紀夫伝』（文春文庫）にきわめて興味深い点が指摘されている。

猪瀬の指摘は『奔馬―豊饒の海 第二巻』（新潮文庫）についてのものである。『奔馬』の時代設定は昭和初期、主人公である右翼青年の飯沼勲《いいぬまいさお》が、腐敗しきった財界の黒幕を殺害するためテロリストになる物語である。勲の理想は昭和の神風連《しんぷうれん》をおこすことだ。

神風連とは明治初期に各地で起きた不平士族の叛乱のひとつで、太刀や槍で武装し、熊本鎮台を襲った一党のことである。彼らは蹶起《けっき》のタイミングを決めるのに、宇気比《うけい》と呼ばれる占いみたいな秘儀を駆使した。どんなに外的な状況がよくても、宇気比で不可と出たら蹶起することはできない。つまりしたがうべきは自然の奥底から聞こえる神慮であり、人間の意志や合理性ではない。それが神風連の行為論である。

さてこの神風連の行為論であるが、近代的合理主義の観点から見ると、神慮や占いに命を託すなどバカバカしいことのように思える。しかし、ここまで見た実在の精髄への調和的観点から考えると、これは決してバカバカしい話とはいえなくなる。なぜなら実在の精髄に調和するには、おのれを消し、意志を封印し、空気のようになり自然と一体化しないといけないからだ。鹿を獲るためには、事前の計画を優先するのではなく、今、目の前にあらわれた獣道に導かれ、偶然に身をゆだねなければならないのだから。

神慮にしたがうとは、言ってみればこの調和の原理とおなじであろう。こちら側の意志あるいは計画でもって行動するのではなく、向こう側の意に組みこまれて行為する。因果にもとづく合理性ではなく、制御不能な他者としての偶然性におのれの命運をゆだねる。つまり、個体差を消し、透明な肉体となって神輿を担ぐと空が見える。これとおなじだ。三島もそう言っていたはずである。それがわかっていたからこそ、三島は作品のなかでくどくどと宇気比について説明したはずである。

それなのに主人公の飯沼が最後にテロを決行するとき、三島は飯沼に宇気比をさせなかった。神慮ではなく、様々な状況から合理的タイミングを飯沼本人に判断させたうえ、決行させているのである。

これは根本的な矛盾である。そしてこのことから考えるに、三島の自死も緻密《ちみつ》にスケジュールを練って実行されたはずだと猪瀬は書いている。これは三島という人物の矛盾をつく極めて重要な見逃せない指摘である。

強い意志の力でおのれをコントロールし、あらかじめたてた計画にしたがって物事を合理的に遂行する。三島由紀夫が本当にこうした時計そのものみたいな性格であったのなら、経験というものが本質的にもつ制御不能性や偶然性に身をまかせることはむずかしかったはずだ。三島の神輿論や肉体透明論も言葉のうえでの理解でしかなかったのではないか、と思えるのはこうした点からである。

行為をする。その行為にはかならず相手があり、そこからの反応がある。相手は本質的に制御不能な他者なので、その反応は事前に予測することはできない。山なら山、極地なら極地、家族なら家族、そういった他者と関わることによって、そのつど生じる未来への新しい道に自らの運命を投げこみ、あるいは投げこまれして、気づくと、こんなところにくるつもりはなかったのに……と思わされる地点にもってゆかれる。

経験とはそうしたものだ。こうした経験の蓄積により人格は変状し、人間的に成長してゆく。そして経験は人それぞれちがうものだから、経験をつめばつむほど人生の固有度は増してゆき、人は何者かになってゆく。それが経験との直面であり、成長のダイナミズムだと思うが、三島には本質的にこういう人格的変容のプロセスはあまりなかったのかもしれない。

私がもっとも三島の不自然さを感じるのは、彼が晩年に口にした〈帰郷〉という言葉である。自己の本質が理性で統御できる人間ではなくロマン的な人間だとわかったとき、彼は十代の頃の自分にもどることにしたのだという。

前にも引用した、死の直前の古林尚との対談で、つぎのように述べている。

〈ぼくが古典主義というか新古典派というか、あの『潮騒』の世界のようなところに、むりやり自分を自己規定してゆこうと思ったのは、あのころは、それで自分を制御できると思っていたからなんです。（中略）ところが、そのうち、そうでないことがわかってきた。どうしても自分の中には理性で統御できないものがある、と認めざるを得なくなった。つまり一度は否定したロマンティシズムをふたたび復興せざるを得なくなった。ひとたび自分の本質がロマンティークだとわかると、どうしてもハイムケール（帰郷）するわけですね。ハイムケールすると、十代にいっちゃうのです。〉（「三島由紀夫最後の言葉」『太陽と鉄・私の遍歴時代』中公文庫）

こうした三島の態度について、古林はつぎのように指摘する。

〈三十代、あるいは四十代になってからの三島さんが無条件に十代の思想を信奉するということは、たいへんに不自然であって、その無理な姿勢が、三島美学が観念の世界にのみ浮游する、リアリズムを離れて情念にのみ固執せざるを得ない、そういう現実離脱の傾向の大きな原因になっているんじゃないでしょうか。〉（同前）

古林の指摘は同感といわざるをえない。経験は人格の変状と人間的成長をうながし、自分を変え、あらたに作りあげてゆくものだ。四十代の人間は精神的にも肉体的にも十代とはまるで別物だ。普通はそうである。正直、何者かになったあとに、何者でもなかった十代にもどるというのはやはり理解しがたい。

そして、このような年齢的な不自然さが、四十五歳にして、青年らとともに思いつめた行動に走った直接的要因にもなっているように思えるのである。

3　夭折者の美にまにあうか

言葉を介さず、死と受苦をもって〈実在の精髄〉とつながるような世界を、三島はニーチェ風に〈悲劇的世界〉と呼んだ。

悲劇はまだ成就されていないが、しかし運命は破滅を内包し、確実に未来を欠いた世界にすむ者。それが悲劇的人間である。そのような悲劇性を人間にもたらすのは、精神ではなく、鍛えあげた透明な肉体である。これまでくりかえした肉体ベース論である。破滅という悲劇性を内包した肉体こそ彼の生きる誇りのよりどころであった。三島は悲劇的な世界に憧れをいだいていた。

ところが彼の場合は行動家になった年齢がおそく、実在の精髄の存在を知った時点ですでに四十を超えていた。

真の悲劇はむしろここにあった。

肉体を鍛えあげ、破滅を内包する悲劇的存在になる資格を手にしたとき、彼はすでに生の膨張期を過ぎ、肉体は衰えを見せはじめていたのである。

〈何という皮肉であろう〉と三島本人も書いている。〈そもそものような、明日というもののない、大破局の熱い牛乳の皮がなみなみと湛えられた茶碗の縁を覆うていたあの時代には、私はその牛乳を呑み干す資格を与えられていず、その後の永い練磨によって、私が完全な資格を取得して還って来たときには、すでに牛乳は誰かに呑み干されたあとであり、冷えた茶碗は底をあらわし、私はすでに四十歳を超えていたのだった。〉（「太陽と鉄」、前掲書）

エネルギーが膨張し、拡大する自己を行為によって表現することが許された時代、彼の貧相な肉体はそれを実行する資格を与えられていなかった。この年齢的に乗り遅れたという感覚が、言葉への、言語表現への呪詛につながっている。

本来であれば二十代の頃に肉体を鍛え、悲劇的存在となる資格を手にいれておくのが正しい順序であった。だが、二十代の三島は芸術至上主義者の仮面をかぶっていた。言語表現の純潔をたもつため書斎の奥にひっこみ、太陽の光を浴びず、洞穴性の蜥蜴《とかげ》のように現実や行為や経験を避けていた。感受性があまりに鋭敏だったので、それで乗り切れると思った。でもそれはまちがいだった。言葉では実在の精髄にとどかないことがわかってしまったからだ。

もし二十代の頃に経験の世界に踏みだしていれば、若くして〈悲劇的世界〉とつながることができ、実際に破滅的行動をとったとしても、それは不自然ではなかった。彼が理想とする夭折者《ようせつしゃ》特有の美を体現できただろう。

夭折者の美には、金閣の美とおなじ永遠がある。

永遠とは時代や社会を超越した全人類に共通する普遍的なものだ。生きているかぎり生の完全燃焼ポイントとのあいだには距離がのこる。この届かなさは、全人類が普遍的にかかえる虚無であり、ゆえに永遠の相に属している。そして、この永遠を体現する特権があるのは、つねに、生の膨張期にあり、人間として発展しつつある若者である。生の膨張期のただなかにある若者が不慮の死をとげるとき、その若者は何かに届こうとして届かないまま死ぬ。だからその死には、もっと生きたい、生の完全燃焼ポイントまで到達したい、という届かなさが体現されているのである。夭折者が美しいのは人類の普遍構造たるこの届かなさが、死ぬことにより体現され、しかも永久に摩滅することがないからだ。

三島はこの夭折者の美に憧れた。だが、現実に破滅への資格を手にいれたときには四十を過ぎて、事実上、その機会を取りにがしていた。その美への到達を妨げたのは芸術至上主義者だった頃の自分、すなわち感受性と言葉だ。感受性が永遠の美から三島を疎外したのだ。文学者だった三島にとってこれ以上の皮肉と苦しみはなかっただろうと思われる。

でも、その一方で、まだぎりぎりまにあうのではないか……という期待もあったのではないかと思われる。四十五歳は若者ではない。しかし、まだ老いてもいない。四十五歳で自刃したことにもし意味があったのなら、そこではないか。『金閣寺』の溝口は金閣最上階の究竟頂を開けることができなかったが、それを、作者である三島はみずからの手でこじ開けたことになる。

だが、それにしても……。

4　死後五十年のフィーバー

二〇二〇年秋、三島の死後五十年を記念して様々な企画がもよおされた。新聞に特集記事が書かれ、NHKは特集番組を放送し、文庫本はいっせいに新装版に衣替えし、新たな評伝評論が次々と発売され、東大全共闘との討論会を追ったドキュメンタリー映画が封切られた。

私が生まれたのは、三島が死んでからほぼ五年後の一九七六年二月である。なので死後五十年にあたるその年、私はまもなく四十五歳で、三島が割腹自殺をした年齢にあたっていた。その微妙な年齢的符合が、私に何か迫るものを突きつけてきた。今、自分が生きているこの年齢で、彼は生の虚無を解消するため自決という手段を選んだのである。何も感じないほうがどうかしている。

そして、ある種の三島フィーバーともいえる喧噪をながめながら、私はとある感慨にひたった。それは、三島の最後の企図は、今この瞬間に実現しているのではないか、という思いだ。

彼の自決は様々な要因や思いに駆られた結果なのだろうが、その大きなもののひとつに、行為をもって言葉を乗り越えるという、ある種の文学否定があったことはたしかなように思える。

そして、この生きるために死ぬという三島の試みは成功だったのではないか、と死後五十年の様々な企画を見ながら私は感じたのだった。

行為によって言葉を乗り越えるという彼の企図は、衝撃的死に方を公衆の前にさらしたことで勝利をおさめたのではないか。それもただの勝利ではない。圧倒的な勝利として、だ。

死んでから半世紀もの時間が経ってなお、これほど取りあげられる作家が、はたして三島のほかにいるだろうか。私にはいるとは思えないし、その要因が純粋に作品の文学的価値だけにあるとも思えない。もし仮に、三島がノーベル文学賞を受賞して、自決しないまま文学者として寿命をまっとうしたとして、それから五十年後にこれほどの注目を浴びるだろうか。

だとすると、あのような死に方をしたことが、三島が今も注目を浴びつづける大きな要因のひとつになっているのではないか。

彼はあのような自決をした。そのことにより、彼の文学は彼の行為と切り離して語ることができなくなった。すべての作品が作者の死の影にいろどられており、読者は彼の死を頭の片隅におきながら作品を読むことを義務づけられている。それが三島作品の大きな特徴となっている。誰も彼もが『金閣寺』や『豊饒の海』のラストの場面を三島の自決と関連づけて考え、解釈しながら読み進める。そして、おそらくはそうなるであろうことを、三島の鋭い認識は見抜いていただろう。

行為が表現のうえに覆いかぶさっているのである。そしてそれこそが行為により表現を乗り越えようとした三島の企図でもあったのではないか。死後五十年の注目は、三島の死を否定したすべての論者にたいする、彼の勝利を意味していたのではないか。

こうも言えるのかもしれない。自刃し、作品がその血にいろどられることで、彼の文学は限界を超えた。行為によって表現が一段高みへ引き上げられ、不完全なものが完全となった。それはまぎれもなく、言語ではなく行為による表現なのかもしれない。

行為を研鑽したとき、人はかならずその先にある何かを、その行為をつうじて人に問いたくなる。三島が文学のなかでつねに追い求めた純粋な行為。すなわち意味を超え、逸脱しているがゆえに理解不能で、不気味で、それだけに圧倒的で、人の心にのしかかってくる何か。それが本当に伝わるのは、たしかに言葉ではなく行為によってである。

三島の企図はそこにあったのだろうか。

あとがき

あらためて書くことについて

物書きとして生活するようになってから、行為と表現の問題については書かなければならないと思ってきた。本来は純粋に探検しているはずなのに、書くことを生業にした途端、表現者としての私がしゃしゃり出て、現場であれこれ指図しかねない。この構図がずっと居心地が悪く、ともかく一度どこかでこの不純性を私の肉体から引きずり出して、白日の下に晒し、「おい、表現！　てめぇ、この野郎！」と徹底的に断罪しないと気が済まなくなっていたのである。

実際に書くきっかけをあたえてくれたのは冒頭の新聞記者の質問であり、また、その頃読んでいた加藤典洋さんの著作だった。とくに『日本人の自画像』の〈内在〉と〈関係〉の概念は示唆するものが大きく、非常に大きな影響をうけた。この二つの概念を経由することで行為と表現の関係性について考察できるのではないかと思ったのがはじまりだ。

執筆を進めるうちに避けては通れないものとして存在感をいよいよ増したのが三島由紀夫の作品と人生だった。三島は文学者であるにもかかわらず、〈私の数少ない批評の仕事の二本の柱〉（『作家論』あとがき）と本人が評価する『太陽と鉄』のなかで言語表現批判を繰り広げており、表現にたいして複雑な感情を有したまま、自衛隊に蹶起をうながし自刃するという戦後最大ともいわれる事件を起こしている。行為と表現を題材に文章をまとめるとしたら、彼の行為論を無視することはできないし、個人的にも、書くことを通じて彼の思想の理解をもう少し深めたかった。三島には純粋性へのちょっと異様なこだわりもあり、そこを解剖することで私個人の行為にも、もう少し深い基礎を打ちこめるのではないかとの期待もあった。

本書は基本的に行為（内在）は純粋で、表現（関係）は不純だとの立場にたっている。こう書くと、では小説家や音楽家や画家は皆、不純なのか、という話になりかねない。

この誤解を排するためにもう少し正確にいえば、表現は行為にたいして不純になる、ということである。あくまで本書で問いたいのは、表現それ自体というより、行為にたいする表現の立ち位置だ。

ともかく私にとって書くことは不純になりうる営為である。しかもなまじっか書くことが楽しく、自己表現欲求のつよい性格なので、なおのこと書くことの処置に困ってきた。

こんな本を書いてしまったら、おそらく読者は「この人はもう書くことをやめるのだろうか」と受け止めるかもしれない。はっきり言えば、そんなつもりはさらさらなく、私はこれからも書き続けるだろう。

登山や探検や狩猟の現場で興奮があったり発見があったりすると、どうしても書きたくなるし、書く生活を十五年もつづけるとそれが生物学的習性みたいなものになる。書くことをつうじて思考が深まる喜びもあるし、原稿料で生活しているという経済的事情も無論ある。

だが、こういう本を書いた以上、そこで開きなおるのではなく、最後にもう一度踏みとどまって、ではなぜ書くのかを再度自問しないといけない。いま述べた表面的理由ではなく、書きつづけることの思想的基盤をもっておかなければならないと思うのである。

まずは行為面から考える。

前提として行為者である私は、まず行為を純粋なものとして確立させたい。これまで一貫して主張したように、純粋なものは内在的なプロセスをたどらなければならない。最初から社会の役に立つことをめざしたり、世界最高峰だからという理由でエベレストを登るのは、行為の立脚点が関係の視点にたっているので純粋ではない。関係的視点が前提の不純な行為にはその人の人生を支えるだけの強度がない。だから、まずは徹底的に内在的に行為をつくりあげてゆく。これが必要だ。

内在的なプロセスをたどることに成功すれば、その行為はやがて、社会や時代の目から見て無意味な領域に突入するだろう。『金閣寺』で溝口が認識フィルターで行為を濾過したうえでおこなった放火、あるいは本居宣長が内在的な学究態度をつらぬいた末に到達した、太陽は日本で生まれたという荒唐無稽な主張の領域である。三島の自刃はその筆頭かもしれない。

このような無意味さは得体のしれなさ、無気味さにつながる。なぜなら意味のないことをひたすらこつこつ続ける人間は、周囲の目から見たらわけがわからず、気持ち悪いからだ。だがこの無気味さこそが、人にふりかえらせる力をもつのも事実だ。意味があることをやるのは、ある意味当たり前だ。常識的な行為に迫力はともなわない。独りよがりで無気味で得体がしれないからこそ、そこまでやるのか……と人の心胆を寒からしめる力をもつのである。逆にいえば、そもそもそこまで行かないと書く意味がない、ということでもある。

私は行為者として、まずこの領域を目指したいと思うし、実際に自分の活動は、ある程度、この域に達しているんじゃないかとの自負も、ちょっとある。だからこそ私はこれまで書いてきたのだろうし、冒頭で紹介した若い新聞記者は、角幡さんの探検は社会の役に立っていないのでは、と問うたわけだ。

さて、この質問だ。

自分にしか意味のない極めて私的な行為をつづける。それは個人の勝手である。問題はそれを書くことだ。書くことは他者に伝えることで、その時点で関係の視点にたった行為なので必然的に社会性をともなう。個人の好きでやっている無意味な行為を社会にむけて書くとき、そこにいかなる理屈があるのか。どのような論理で、私のひとりよがりな行為は意味的世界である社会に接続されるのか。彼女が発した質問の核心はここにあった。

これは難問なので、じつはここまで明確な回答をこっそり避けてきたのだが、最後に彼女の質問に正面から答えなければならないだろう。それが、なぜそれでも書くのかという自問への答えにもなる。

一番わかりやすいのは、本書でも若干ふれた冒険の批評性だ。

たとえば、いま私が継続的におこなう犬橇による北極狩猟漂泊の旅。これは完全に私的な行為で、そのこと自体に社会性はともなわない。しかしそのドキュメントを書き、公衆に発するとき、こうした極私的行為にこそ真に生きる瞬間があるのではないか？私的領域の追求こそが生きることそのものなのではないか？　という問いかけになるだろう。そしてこの問いかけは、他人にどう見られるかばかりを考え、つねに評価をもとめて言動を編集する、現代の関係偏重社会を相対化する契機になるだろう。

冒険とは脱システムであり、時代や社会の常識をゆさぶるのが使命なので、私は本を書くときかならずこの批評的視点を意識して執筆する。

でも、本当にそうなのか？　との疑問もある。そんな批評性がどうのこうのというわかりやすい理由で私は本を書いているのか？　現場で命が擦りきれるような経験をして、あ、これ書きたいな、と私が思うとき、その思いはもっと深いところに根ざしているのではないか？　そんな思いもあるのだ。

ここで思い出すのは冒頭で論じた本居宣長の〈もののあはれ論〉である。加藤典洋の考えにしたがえば、〈もののあはれ論〉は単に古代人は情感豊かだったというだけの話ではなく、じつは奥深い存在論につながっている。あらためて『日本人の自画像』を開くと、加藤は宣長の思想の核心について次のように書いている。

〈「もののあはれ」とはどういう原理だろう。それは人と人とが共に生きることの原理、人の他者との関係を作り上げる機制の原理でもある。なぜなら、それは、一人の人間が外界にふれて「深く感じる」ことであり、一人の人間の内部のことがらに属するが、同時に、その人を動かして、内部から外部へ、他者との関係へと向かわせる原動力でもあるからである。深く感じた人は歌を作る。しかし、もし彼が深く動かされていれば、彼は、それだけにとどまれず、必ず人にそれを見せたく思う。そしてもし他者が誰か、それを読んで「なるほど」と思い、そこに「もののあはれ」を感じ、心を動かされ、共感を表わせば、そのことでようやく人は自分の「もののあはれを知る」過程が、一区切りついたと感じる。だから、「もののあはれを知る」ことのうちには、実は、他者との関係が埋め込まれている。（中略）歌の本義は、それを人に聞かせる所にある。歌を自分で作る、それを人に見せる、そこまでが、歌を歌うことの本質なのである。〉

加藤はここで何を言っているのか。具体例として子供の写真をのせた年賀状について考えてみよう。

小さな子供のいる親はだいたい、猫も杓子《しゃくし》もその写真を年賀状にのせて送る。かつて子供がいなかったころ、私にはその意図をまったく理解できなかった。他人に自分の子供の写真を見せて一体どうしようというのか。全然かわいいと思わないし、むしろかわいくない。どちらかといえば幸せな家庭風景を見せられるのは不快だ、迷惑だ、ぐらいに思っていた。

ところが、自分に子供ができた途端、おなじことをやっている自分がいるのだ。何の疑問も衒いもなく、子供の笑顔をのせて年賀状を送っている私……。

どうしてこんなことをするのか？

親になった瞬間に年賀状の謎は解けた。それは自分の子供がかわいいからである。かわいくて、かわいくて仕方がないから、その笑顔の写真をのせる。そしてこんなにかわいい以上、このかわいさは私だけが感じるかわいさではなく、誰が見ても感じるかわいさであり、すなわち人類普遍の域に達したかわいさである。ゆえに子供の写真をのせても、受取手は私とおなじように、嗚呼角幡さんの子供はかわいいな、と喜んでくれるだろう。私はそれを露も疑っていなかった。だから年賀状に子供の笑顔をのせるなどという愚挙におよぶことができたのである。

無論、誰もが私の年賀状を見てかわいいと思うわけではない。昔の私みたいに、訳がわからないと苛立つ人もいるだろう。でも何人かは一緒にかわいいと思ってくれて、その思いを伝えてくれる人もいるはずだ。そのとき私の感情は救われ、その感情を生み出した私の生も救われる。

生きることとはなんなのか。それは、何かに触れ、経験し、深く感じいり、心を揺り動かされ、それを誰かに伝えることだ。本居宣長（＝加藤典洋）の〈もののあはれ論〉が言うのはそういうことだ。自分の思いが誰かにも伝わり、一緒になって、本当だ、面白いね、と言ってもらえたら、この反応によってその人は救われる。その揺り動かされた感情のなかには、その人がたどってきたすべての道が埋め込まれており、思いが誰かに認められるということは、その人の生がまちがっていなかったこと、正当であると認められることの証となるからだ。

だから古代人はもののあはれを歌に託したし、親は子供の年賀状を作る。

ここに人の生きることのもっとも根源的な原理と、表現の原型があると思う。私はこれからも行為を文章表現におきかえるだろうが、この表現の原型を忘れないようにして書いてゆきたい。

内在的に生き、内在的に行為をし、内在的に表現する。旅をして何かを感じ、心を揺り動かされ、それを書くことで私は内部を外部に移しかえる。この記録は私的なものなので誰にとっても面白いものではないが、なかには面白いと思ってくれる人がいる。かりにそれが十人しかいなくても、一緒に喜んでくれる人がいただけで私の旅は救われる。だから私は私の行為を外にむかって発表する。

喜んでくれる人たちのために書く。書くとはたったそれだけのことなのだと、最近はようやくそんな当たり前の考えができるようになった。子供のおかげかもしれない。

問題は、十人しか喜んでくれないと商業出版物として成り立たないことだが、それはまた別の話なので誰か他の人に考えてもらいたい。

この場を借りて初出連載を担当してくださった『中央公論』編集部の工藤尚彦、直井啓太の両氏、および単行本担当の中央公論新社文芸編集部の藤吉亮平氏にお礼申しあげます。

また、最後に本書を最後まで読み、少しでも「なるほど」と感じてくれた読者の方々に心より感謝いたします。私の本を面白いと思ってくれた感情のなかに、私の生はたしかにあるのだから。

二〇二三年九月二十六日　ようやく涼しくなりはじめた鎌倉自宅にて

角幡唯介

初出　『中央公論』二〇二一年四月号～二〇二三年五月号
単行本化にあたり、加筆・修正をおこないました。

装幀　秦 浩司

カバー写真　中央公論新社写真部

角幡唯介

1976年北海道生まれ。作家、探検家、極地旅行家。早稲田大学政治経済学部卒業。大学在学中は探検部に所属。2010年に上梓した『空白の五マイル』（集英社）で開高健ノンフィクション賞、大宅壮一ノンフィクション賞、梅棹忠夫・山と探検文学賞を受賞。12年『雪男は向こうからやって来た』（集英社）で新田次郎文学賞、13年『アグルーカの行方』（集英社）で講談社ノンフィクション賞、15年『探検家の日々本本』（幻冬舎）で毎日出版文化賞書評賞、18年には『極夜行』（文藝春秋）で本屋大賞2018年ノンフィクション本大賞、大佛次郎賞を受賞。著書はほかに『漂流』（新潮社）、『極夜行前』（文藝春秋）、『探検家とペネロペちゃん』（幻冬舎）など多数。

書《か》くことの不純《ふじゅん》

2024年 1 月25日　初版発行

著　者　角《かく》幡《はた》 唯《ゆう》介《すけ》

発行者　安 部 順 一

発行所　中央公論新社

〒100-8152　東京都千代田区大手町1-7-1
電話　販売 03-5299-1730　編集 03-5299-1740
URL https://www.chuko.co.jp/

ＤＴＰ　嵐下英治
印　刷　大日本印刷
製　本　小泉製本

Published by CHUOKORON-SHINSHA, INC.
Printed in Japan　ISBN978-4-12-005737-3 C0095

そこにある山
人が一線を越えるとき

角幡唯介

「どうして結婚したんですか?」デリカシーに欠けた、無配慮で苛立たしいこの〝愚問〟がもたらしたのは、人はなぜ冒険するのかという「最大の実存上の謎」への偉大な洞察だった。43歳をすぎ「人生が下り坂に入った」と自覚する著者が、探検家としての思考の遍歴を網羅した傑作エッセイ。〈解説〉仲野　徹

中公文庫